徳間文庫

暴れ旗本天下御免

井川香四郎

徳間書店

目次

登場人物

大河内右京　大河内家八代目。讃岐守。ひょうたん息子と呼ばれていたが、父の跡を継ぎ、大目付に就任した。

綾音　右京の妻。小石川逸見坂の西蓮寺・良按の娘。

大河内徳馬　右京と綾音の長男。

大河内政盛　右京の父。〝かみなり旗本〟と呼ばれ、幕閣連中を震え上がらせていた。現在は隠居している。

鵜飼孫六　右京に仕える甲賀百人組頭。

第一話　百万石の陰謀

一

冷たい秋風に舞う枯れ葉に混じって、白い雪がちらついている。小高い所にある鬱蒼とした雑木林の中を、猛烈な速さで駆け抜ける二頭の馬がいた。

先に走る栗毛馬には、〝かみなり旗本〟の異名で知られる大河内政盛が、古稀とは思えぬ壮健さで手綱を捌いている。後から追って来ている小振りの葦毛馬は、七歳の孫・徳馬が手綱をしっかりと握っていた。

いずれも綾藺笠に、直垂に射籠手、両足には行縢と物射沓という狩り装束で、腰に太刀と腰刀を佩び、矢を入れた空穂、背中には戦国武将のような家紋入りの旗も靡かせていた。

頭を低めに下げて獲物に突進する姿は、さながら合戦の最中のようである。徳馬はまだ幼さが残る顔だちながら、遠目に見ると精悍な若武者に見える。

ふたりの後方からも、小松や高橋をはじめ数人の家臣や中間、小者らが武具を抱えて、追従して走っている。

「目を放すな、徳馬！　敵はしぶといぞ」

一瞬、振り返って孫の顔を見た政盛は、目を疑った。

「跳べ！　幸早！」

と徳馬は愛馬の名を叫び、さらに姿勢を低めて、「せいや！」の両足で馬の腹を蹴った。すると物凄い速さで、まさに高い塀でも越えるような勢いで、政盛の目の前を風のように走り抜けていった。

猛然と突進していく徳馬のつぶらな瞳の遠く先には、一直線に逃げる大きな黒っぽい猪の姿があった。

勢子役の中間たちに追い立てられずとも、猪は自らの意志で必死に走っている。巨漢の猪でも本気を出せば、馬並みの速さがある。しかも急峻な坂道でも、細い藪道でも崖道でも、自在に蛇行しながら走る姿は、その体つきからは想像できないほど敏捷である。

馬上の徳馬は前のめりの姿勢から、俄に背中を伸ばすと、空穂から矢を素早く取り出し、弓につがえた。思い切り弦を引きながら、猪に狙いを定めると、流鏑馬のように駆け抜けながら打ち放った。

――シュン。

と空を切る音がして、猪の太い首根っこに矢が突き刺さった。

だが、猪はまったく動揺もせず、さらに深い雑木林の方に逃げ込んでいく。

「ちくしょう」

徳馬は悔しそうに目を細めると、第二の矢を放った。だが、それも空を切るだけで、灌木に突き刺さっただけである。さらに徳馬は第三の矢をつがえ、馬を走らせながら力強く射た。しかし、それも、鋭い音を立てたもののわずかに逸れた。

そのとき、「危ない！」と家臣の声が聞こえた。

次の瞬間、徳馬の眼前に杉の枝が迫ってきた。とっさに身を躱したが、鋭い枝先が徳馬の顔面を直撃した――かに見えたが、愛馬の幸早が突然、膝が折れたかのように転倒した。

徳馬はそのまま前のめりに飛び出したが、軽業師のような体捌きで、くるりと宙返りをして着地した。その際、少し足首を痛めたようだが、立ち上がって振り返ると、幸早もすでにしっかりと立ち上がっている。

　すぐに追いついた政盛は、猪に向かって一矢報いる思いなのか、手にしていた得意の槍を投げてから、徳馬に近づいて降りた。

「大丈夫か」

　声をかけた政盛に、徳馬は笑顔を返し、

「ご覧のとおり、無傷です。幸早が膝を折って屈んでくれなければ、私は木に激突し、枝が刺さっていたかもしれませぬ」

　と物怖じもせず言った。

　むしろ、政盛の方が背筋に冷たいものが走っていた。

「うむ……だが、徳馬。今のは頂けない。自分のいる場所を弁えず、遮二無二、矢を打っただけでは、命中はせぬぞ」

「はい。私もそう思いました。以降、気をつけます」

「よし、続けて……」

　政盛が言いかけたとき、徳馬の方がシッと指を立てた。

　雑木林の先に、小さな池があって、野鴨が十数羽、水浴びをしている。

「お祖父様、あれを……この騒ぎの中、驚きもせずあんな所で」

「いや、奴らは儂たちのことは百も承知している。だが、いつでも飛び立てる間合いがあるから、ああして優雅に過ごしている」

「そうなのですか」

「うむ。剣の奥義にも、〝鴨の間合い〟や〝鶴の構え〟などがあるが、いずれも敵には気配を悟られず、いつでも反撃や逃走できるようにと、実は身構えているのだ」

そこへ、蒼鷹を肩に乗せた、年配の鷹匠もかけつけてきた。

実はここは、相模国にある大河内家の鷹狩り場なのである。当時、江戸湾に面した相模国一帯は、六浦藩を除いて、ほとんどが幕府直轄の天領か旗本の拝領地だった。しかも、寺社領も多く、支配が複雑だった。

家康が関東入封する際に、江戸城に運ぶ年貢米を確保するために、近くに天領を置くのは当然のことであった。特に海側に位置する東海道沿いは、人々の往来や物資の輸送のため重要である。今の横浜辺りは、半農半漁の貧しい村に過ぎなかったが、やはり幕府にとっては、大切な所であった。

その横浜村が見下ろせる高台に、三河以来の旗本・大河内家の領地もあった。他にも数ヶ所あるが、代々、大目付職に就く三千石の旗本に相応しい、豊かな土地であった。この一角に、鷹狩り場もあったのである。

鷹狩りは遊びではなく、戦闘演習のひとつでもあった。家臣たちは準備万端整え、規律をもって行動したのだ。領地内には、本陣として使う別邸があり、そこには大河内家専属の鷹匠も住んでいる。

鷹匠の飼い慣らした鷹が、鶴や白鳥、鴨などの野鳥を追い詰めて捕獲する醍醐味は、政盛ならずとも味わい深く、端から見ても実に壮観であった。孫の徳馬ももう数度、同行しているが、野性の鹿や猪もいる山林や池のある一帯は、武家の子として絶好の遊び場所だったのである。

物心ついてから、政盛はよく徳馬を連れて来ていた。その都度、

「おまえの父上、右京は鷹狩りや猪追いがサッパリ駄目でなあ。いつも上の空で、獲物をなんぞ追いかけたことがない。しまいには、無益な殺生だなどと、ほざきおる。立派な武道の鍛錬だと思うておらぬ虚けじゃ」

と話していた。

徳馬は言葉どおり受け止めていたわけではないが、たしかに父親は祖父に比べて、どことなく頼りがいがないし、いつもぼんやりしている雰囲気がある。日頃も、屋根に登って空を見ているし、剣術はいつ練習をしているのかと思えるくらいだ。

だが、徳馬は明らかに祖父の血を継いでいると自分でも思っていた。母親の綾音の

話では、お腹にいるときから、すごく蹴っていたし、まだ歩くことができる前に、階段から飛び降りたりしていたと聞いている。

そして、歩き始めるというより、走り始めたらしく、二歳を過ぎた頃になると、母親でも追いつけぬくらいになった。すばしっこいので、目を離せない子だと心配だったという。

ゆえに、三歳のとき、鷹狩りに初めて連れて来たときには、すでに自ら矢を射ることを覚え、祖父が作った子供用の弓で、心ゆくまで遊ばせていた。

鷹狩りは戦国時代の武勇の名残であるかのように見えるが、実は古来、宮廷の礼式行事であった。つまり、鷹狩りは御家の格式と深く関わっていたのだ。

将軍であっても、どこかの殿様であっても、それが自分の領地内であっても、勝手に鷹狩りをすることは許されなかった。「鷹場」とは、将軍が諸大名に下賜される、主従関係や礼秩序を構築するための〝契約書〟みたいなものだったのである。

鷹狩りの歴史は古く、『日本書紀』には、

——鷹狩りは、王権確立の過程で、狩猟儀礼を通して領有権を承認したことだ。

と記されている。

仁徳天皇が献上された〝倶知〟つまり鷹を、渡来人が飼い慣らして育て、雉狩りに使ったとある。その後、鷹と犬は狩りの供となり、主鷹司という役所が作られ、〝鷹飼〟という鷹匠が狩り場で活躍するようになった。

その朝廷の慣習を、徳川家康は幕藩体制の中に持ち込んだのである。その権威によって、武事鍛錬はもとより、領内の民政視察や儀礼秩序を徹底させたのだ。

そして、〝放鷹権〟を幕府が独占し、大名に対して石高を決めたり、転封を命じたり、旗本や御家人に領地や俸禄を与えるのと同様に、「鷹場」は将軍から与えられるものだったのである。その代わり、儀礼として、将軍家は毎年、朝廷に〝鷹の鶴〟という鷹狩りによる上等の鶴を献上していた。

鷹狩りの方法は、概ねこうだ。樹木や竹林に囲まれた「元溜まり」と呼ばれる池に、鳥見が飼い慣らした家鴨を放しておく。すると、粟や稗をついばむ家鴨の様子を見て、野鳥が安心して休息しに来るのだ。その上で、「元溜まり」を監視している鳥見が野鳥を脅かして、それが飛び立つところを鷹匠が放った鷹が次々と獲物として狙うのである。

江戸五里四方の間にすら、およそ百五十の鷹場があった。この鷹場を利用できるのは領主だけであり、その運営には村役人が当たった。むろん、鷹場といっても、儀礼として下賜された所だから、実際に放鷹が行われない所も多い。目的は狩猟制限や無宿人改め、火の用心などの民政的な意味もあったのだ。

関八州はもとより諸国にあっても領主のみに鷹狩りできる権利があり、鷹場の上空を通る鳥は、すべて捕獲対象となるのだ。だが、実際、鷹狩りを行う場合は幕府の許可が要る。さほど厳重な扱いだったのである。

大目付の大河内家が、関八州のあちこちに鷹場を持つことを、将軍家に許されていたのは、その〝隠密業務〟のためでもあった。

「よろしいですかな、徳馬様……狙いは野鴨ではなく、鶴です」

鷹匠はそう声をかけた。

たしかに池の奥の方には、大きな鶴がつがいで立っている。凝然と、徳馬は見た。実は実物を目の当たりにするのは、生まれて初めてだったのである。

「今年は寒くなるのが早いので、鶴も舞い戻って来たのですかな」

鶴に比べれば遥かに小さな鷹が、どのように捕まえるか、徳馬は楽しみだった。鷹を自分と見立てたのであろうか。

——カタン、タン、タン。

鳥見が木魚のような板を叩くと、野鴨が驚いて一斉に飛び立つ。

その野鴨に向けて、鷹匠が流暢に蒼鷹を〝羽合わせ〟で投げると、低空から一気に野鴨の一団に向かう。鷹を恐れて野鴨が八方に散って逃げだすと、その騒ぎに驚いて、鶴もひらりと飛び立った。

その瞬間、鷹は急に方向転換をして、鶴の方へ向かうのである。

だが、羽の大きな鶴は飛び立った瞬間こそ遅いが、しだいに速さが増していき、しかも高度も上がる。そのまま逃げられることもあるから、勝負は低空のときであった。

鷹が鶴を追う光景を見ながら、徳馬はなぜか弓に矢をつがえて、狙いを定めて引いた。鶴が上下するのに合わせるように、熱心に鏃（やじり）を向けていた。

俄に鶴が急上昇し始めたが、まだ蒼鷹の方が遥かに早い。

一直線になって、白い鶴に向かって、まるで弾丸のように黒っぽい鷹が飛翔していった。鷹の嘴（くちばし）が鶴の首に触れた。かに見えたが、ひらりと体を傾けた鶴は、羽を翻（ひるがえ）しながら、急降下し始めた。

その珍しい動きに鷹匠は驚いたが、追尾（ついび）していた蒼鷹の方も戸惑（とまど）ったようで、上昇しながら鶴との距離が離れてしまった。

次の瞬間——シュッと鋭い音がした。徳馬が矢を放ったのだ。

矢は目にも止まらぬ速さで、鶴に向かって飛ぶと、見事にその腹辺りに命中した。

均衡（きんこう）を失った鶴は、大きく羽を広げたまま、ふらふらと空中に止まったかのように見えたが、そのまま首を上に向けたまま、雑木林に落下した。

すぐさま、猟犬が吠えながら鶴が落ちた方に駆け出した。

あまりにも徳馬の弓捌きが見事すぎて、家臣たちは誰も「お見事！」という声も出なかった。鶴を矢で射ることは、作法違反ではないが、あまりしないからだ。

だが、政盛は一拍遅れたものの、

「見事！　アッパレじゃ！」

と誉め称えた。

しばらくすると、猟犬とともに雑木林の奥に踏み込んでいった家来たちが、「おお！」と感嘆の声を上げた。

何事かと、政盛が徳馬の手を引いて駆けつけると――そこには、矢に射られた鶴とともに、猪が倒れていた。なんと、政盛が投げた槍が、それこそ見事に猪の太い首根っこに突き刺さっていたのである。

「まさに〝かみなり旗本〟とお孫様、ご両人の大手柄！　大猟でござる！」

家臣たちはさらに歓喜の声を上げ、槍を掲げながら、

「エイエイオウ、エイエイオウ!!」

と、まるで勝ち鬨の声を狩り場中に轟かせたのであった。

何処かで、カッカと鶴の鳴き声が聞こえた。それを聞いた政盛が、

「あれは雌だな……鶴のつがいは仲が良く、相手が死ぬと、その側で自分も一緒に死ぬというからな」

と言うと、徳馬は悲しそうな目になって、

「そうなのですか……では、矢で射ってはいけなかったのですね」

「いや、そうではない。犠牲になった鶴にも、慈悲をもって接し、感謝せよということだ。生きとし生けるものゆえな。分かったな」

「はい……」

徳馬は頷いたものの、さっきまで水を浴び、優雅に飛び立った鶴や勢いよく走り廻っていた猪の動かぬ姿を見て、何かを心に刻み込まれたようであった。

獲物を捕らえてから陣屋への帰り道、遥か眼下に江戸湾が開けていた。

燦めく海面には、数多くの弁才船や帆船が行き交っている。船が立ち寄る湊を中心に、きれいな碁盤の目に広がる町が見えた。

「お祖父様、あの町は何処ですか」

馬上の徳馬は、並んで手綱を握る政盛に訊いた。

「ああ、あれか……」

　政盛はなぜか少し間を置いてから、

「あれは、『竜宮町（りゅうぐうまち）』だ」

「竜宮……あの浦島太郎で、乙姫様が出てくる所ですか」

「住人たちは、そう名付けているが、元々は横浜村、吉田新田（よしだしんでん）という、干拓（かんたく）を堤（つつみ）で囲んで、戸部村（とべむら）にある大丸山（だいまるやま）や天神山（てんじんやま）から運んできた土で埋め立てた所だ。海に向かって、少し傾斜しておってな、入海と砂浜の名残があって美しい町だが、儂も一度しか行ったことがない」

「どうしてですか。ここから、近いのに」

「用がないからだ。もっとも、あの『竜宮町』は、その昔の博多（はかた）や堺（さかい）のように、特権商人ら町人が営（いとな）んでいる町だ」

「町人の町」

「さよう。武士はおらぬ。町人だけが暮らしている、特別な湊町なのだよ」

「へえ……」

　徳馬は意味を理解しているかどうかは分からないが、湊に出入りする情景を眼下に見ながら、自分もいつか船に乗って遠い異国に行ってみたいと漠然（ばくぜん）と思っていた。

　その心中を察（さっ）するように、政盛は徳馬に微笑（ほほえ）みかけて、

「おまえが大きくなった頃には、もっともっと異国と交易をするかもしれぬな」

と話しかけるのだった。

粉雪混じりの海風が吹き上げてきたが、ふたりとも寒さなど平気な顔で、いつまでも活気ある町を眺(なが)めていた。

二

所変わって、伊豆(いず)金山——。

伊豆には金山や銀山が散在していた。よく知られていたのは、天正(てんしょう)年間に発見された土肥(とい)金山と文禄(ぶんろく)年間に開かれた湯ヶ島(ゆがしま)金山だが、慶長(けいちょう)年間からは、江戸幕府が、佐渡(さと)金山奉行を務めた大久保長安(おおくぼながやす)を代官として送り、まさに佐渡に勝(まさ)るとも劣(おと)らぬ金の産出を誇った。

しかし、自然災害などが多く、急峻な山道が続いて不便なため、ほとんどは廃山や休山となっていた。だが、東海道に三島(みしま)宿や湯治場(とうじば)の修善寺(しゅぜんじ)に近い、土肥金山は密(ひそ)かに採掘されていた。

伊豆は、佐渡や八丈島(はちじょうじま)同様、古来、島流しの刑になる場所だった。鉱山で働いているのは、腕に技量がある鉱夫であり、罪人ではない。だが、家や職を失った無宿人が江戸に溢れており、色々と問題が生じていた。幕府はその対策として、無宿人を鉱山に送っていたのである。

鉱山は、坑道が深くなればなるほど、湧き水が溜まってくる。それを排出するための作業は大変で、危険を伴う。ゆえに、水替え人足として、無宿人を使っていた。

今ひとり、一本の坑道の奥で、足踏み式のポンプのような道具で、水を吐き出している無宿人がいた。

筒井権兵衛という三十絡みの浪人者である。

総髪には少し白いものが混じり、無精髭は伸び放題、目つきは蛇のように鋭く、痩けた頬はろくにものを食べてない様子だった。だが、眼光はギラギラしており、作業中に口から発する気合いにも、深い恨みが籠もっていた。

「——そいや、そいや。よいさ、よいさッ」

誰よりも声が大きい。それが狭い坑道内に響いて、鑿を打つ金槌の音よりも激しく、鉱夫たちの耳をつんざくほどだった。

「うるせえ、黙ってやれ」

何処からか苛ついた声が飛んでくる。

だが、筒井が構わず拍子を取るように声を出し続けていると、鉱夫のひとりが鑿を片手に立ち上がり、水替え場まで近づいてきて怒声を浴びせた。

「てめえ、好(い)い加減にしねえと、ぶっ殺すぞ、こら」

売り言葉に買い言葉というやつで、筒井の方も乱暴な口調で、

「上等だ。殺(や)れるものなら、やってみやがれ。こんな地中深い所の坑道から、死体を外まで担(かつ)ぎ出すのは大変だぞ」

「うるせえ。水替え人足如(ごと)きが偉そうに言うんじゃねえ」

「俺たちがいなきゃ、おまえたち鉱夫は水に溺(おぼ)れて死ぬが、それでいいのか」

「黙れ。おまえらの代わりなんぞ、幾らでもいるんだ」

「だったら、さっさとやれよ」

「言ったな、後悔させてやる。このやろうッ」

鉱夫は鑿で筒井に突きかかったが、ふいに避(よ)けられて、ガツンと岩場で自分の指を打ちつけてしまった。手から鑿を落とした上に、均衡を崩(くず)して自分も一間(いっけん)程の高さから転がり落ちた。

岩の角で頭をぶつけたらしく、鉱夫は呻(うめ)いていた。他の鉱夫たちも、一瞬にして騒々しくなって、「やりやがったな」と我先に筒井に向かって這(は)い上がってきた。

「そっちが勝手に落ちたんじゃないか。逆恨みもいいところだぞ。もっとも、こっちは逆恨みされるのは慣れっこだがな」

筒井は意味深長なことを言いながらも、挑発しているような態度だった。

鉱夫たちは声を荒らげながら、材木で組んだ梯子を次々と登ってきそうになったが、そのとき、水替え人足たちが水桶を傾けた。あっという間に水が下に溢れ落ち、俄に水溜まりができた。それはすぐに泥水となり、岩場に下げてある油灯りまで消してしまい、一瞬のうちに真っ暗になった。

「うわっ。何をするんだ、やめろ！」

「殺すつもりか、てめえら」

「た、助けてくれえ！」

などと叫ぶ鉱夫たちの声の方が、大きく坑内に響き渡った。

「やめた、やめた。引き上げるぞ」

水替え人足たちに、筒井が声をかけ率先して地上への梯子を登り始めた。その背中にもポタポタと地下水が染み出て落ちてきている。四半刻も放置しておいたら、深部の鉱脈を掘るのは難儀になるであろう。

それでも知ったことかとばかりに、筒井たち水替え人足、数十人は引き上げ始めた。

下の方からも、鉱夫たちが溺れまいと足掻きながら、まるで蜘蛛の糸に這い登る罪人たちのように梯子にしがみついてきた。

するると、微かに光が射す上方から、

「こら、何事だ！」

と金山役人の見張り番が、声を浴びせかけてきた。それでも、筒井は真っ先に梯子を這い上がりながら、

「やめた、やめた。やってられるか」

怒声を上げると、他の水替え人足も同じ言葉を一斉に繰り返した。すぐに気色ばんだ役人は、刀を抜き払って突きつけ、

「戻れ。中に入って水を汲み出せ。でないと、この場にて斬るぞ」

と脅した。

だが、筒井は平気な顔で睨み上げ、階段をよじ登って、

「どうせ、中は真っ暗だ。水が溜まって掘れないぜ。鉱夫たちがケチつけてきたんだ。てめえらで水を汲み上げろってんだ」

「貴様。無宿人ふぜいが偉そうに。早く下に戻って、水を汲み出せ」

さらに役人が刀の切っ先を突き出してくる。その刀身を作業用の縄で縛りつけて、

引っ張ると役人は体勢を崩して、坑道の方へよろけた。さらに袖を摑んで引っ張ると、役人は頭から坑道内に滑り落ちていく。

「おまえが汲み出せ、ばかやろ」

筒井が叫ぶと、他の者たちも役人を足で押しやるように坑道の下に向かって蹴った。

太い材木で支柱を組まれた坑道口から出てくると、騒ぎに気付いた他の役人が数人、駆けつけてきていた。

「何事だ！　おまえら、何をしておる！」

先頭切ってやってきたのは、田村三郎兵衛という金山目付だった。常に陣笠陣羽織を身につけて指揮を執っているのは、合戦と同じ命がけという気概があるからだ。

「休憩だ、休憩。一刻働いて、半刻休むのが鉱山の決まりだ。文句があるか」

「筒井、貴様……何度、罰を食らっても懲りないのだな」

毅然と田村の前に立った筒井は意外と背が高く、坑道内では痩せた体に見えたが、筋金のような肉が張りついた偉丈夫である。田村が一瞬、後退りするほどだった。

「俺たちは罪人じゃないぞ。おまえたちに咎められる理由はない」

「黙れ、筒井。金山内の掟を破っただけで、充分だ。また独りで洞窟に閉じこめられたいか。何日も光が射さず、飯も食えず、鼠や百足と一緒に暮らすハメになるのだぞ」

「だから、何をしたってんだ。休憩をしたいだけだ」

「嘘をつくな。また水桶をひっくり返して、鉱夫たちの邪魔をしたであろう」

「水抜きしたけりゃ、おまえたちでやれ。無宿人だというだけで、ろくな駄賃もなく、この蒸し暑い牢獄みたいな所で、扱き使われる謂われはない」

「控えろ。おまえたちは、無宿という立派な咎人だ」

「なんだと……もう一度、言ってみろ」

筒井が迫ると、田村は手にしていた鞭を地面に叩きつけ、

「おまえたちは年貢や課役逃れのため、村から逃げ出した者だ。人別帳からも外され、生業を持たぬ人でなしだ。ここで働いて飯を食えるだけ、果報者だと思え」

と怒鳴りつけた。

「よく言った、三下役人。おまえが口にするおまんまは誰が作ってる。おまえが使う銭金は誰のお陰で入ってくる。おまえがここで生きているのは誰の……」

「ええい。黙れ黙れ！」

田村は勢いよく鞭を振り上げて、筒井に向かって打ちつけた。が、打ち下ろしたときには、筒井は田村の背後に廻っており、腹に手を廻すようにして相手の刀を抜き払

い、足をかけて倒していた。その喉元に切っ先を突きつけて、

「俺は役人という輩が一番、嫌いだ」

「や……やめろ……」

「刀で脅して、百姓や商人から上前を掠め取って暮らしているだけのクズだ」

微かに切っ先が、田村の膨らんだ喉仏に触れた。わずか一寸伸ばすだけで、血を噴き出しながら悶絶死するであろう。

筒井は真剣なまなざしで睨みつけたまま、

「俺たちが何をしたというのだ」

「…………」

「答えてみろ」

「……お、俺を殺したら、それこそ罪人になるぞ」

「こんな所でじわじわと殺されるくらいなら、いっそのこと首を刎ねられた方が気分がすっきりする。おまえを道連れにな」

「よ、よせ……」

「だったら、今すぐ命じろ。無宿人を解き放つようにな」

田村に刀を突きつけたまま、筒井は鉱山を取り囲む山々を見廻した。あちこちに見

張り番小屋があって、逃亡する者たちを容赦なく撃ち殺すように鉄砲も備えている。筒井はそれを承知しており、逃げる機会を窺っていたのだ。

「さあ、どうする。おまえの一言で、無宿人たちを好きな所へ行かせてやれ。一生、水替え人足の代わりをさせるな」

「わ、分かった……」

必死に頷いた田村は、集まってきた鉱山役人や見張り番たちに向かって、

「無宿人たちを解き放ってやれ。好きな所へ行かせてやれ」

と声を張り上げて命令した。

仕方なく役人が逆茂木に囲まれた扉を片方だけ開くと、無宿人たち数十人は一斉に駆け出して、塀の外に飛び出していった。その先には灌木が茂る山道があり、懸命に駆け下りていった。

無宿人たちが遠ざかると、筒井自身も田村を突き飛ばして脱出しようとした。

その時である。ダン、ダダダン、ダダダンと発砲音がした。

逃げていた無宿人たちの何人かが、番小屋から鉄砲で狙い撃ちされたのだ。這々の体で逃げ切ったのもいるようだが、ほとんどの者たちはその場で立ち止まり、坂道の途中に待機していた鉱山役人たちに捕らえられた。

「無駄なようだったな、筒井……」

ニンマリと笑った田村を振り返り様、筒井は袈裟懸けで斬った。

「うわっ」

田村は仰け反って、肩から血を噴き出しながら絶命したが、ほとんど同時に、あちこちの番小屋から鉄砲が撃たれ、筒井も被弾して気を失い、その場に倒れた。

どのくらい時が経ったか――。

気がついた筒井は、真っ暗な洞窟の中にいた。着物の中に這い込んでくる百足や虫などの感触で、自分が生きていると分かった。

体のあちこちに、血がぬめるような痕跡がある。おそらく被弾したところであろうが、治療を施されないまま、〝独房〟である洞窟に閉じこめられたに違いない。傷口に触れると気がおかしくなるほどの痛みが走る。放置しておけば、傷口に蛆が湧くかもしれぬ。

――こうやって、苦しませながら死に追いやるつもりか……。

筒井がそう思ったとき、洞窟の外にぼんやりと蠟燭灯りが浮かんだ。

鉄格子で塞がれており、出られぬようになっている。その外に来たでっぷりとした人影は、筒井が見覚えのある顔だった。

金山奉行の佐久間典膳である。だが、ふだんは江戸にいるはずだ。何故、この場にいるのか、筒井は不思議だった。

「佐久間典膳様か……」

「今は、播磨守と名乗って、いずれ勘定奉行になれるであろう。おぬしのお陰で、思いの外、出世できたが、とんでもないことをしてくれたな、筒井……」

鋭い眼光の佐久間は、同情の余地もないと筒井を睨みつけ、

「役人を斬ったのは、いかにもまずい。今少し我慢をすれば、なんとか手を廻して助けることができたのだが……役人殺しを救う手立ては難しいな」

と冷ややかに言った。

「おまえは昌平坂学問所で随一の秀才と言われながら、その気の短さのせいで、自らの首を絞めてきた。恨むなら、己を恨め」

「さようですか……お上に楯を突く性分が、災いしたと言いたいのですな」

「仕方があるまい。おまえも元は百万石の大大名の家臣ならば、もっと賢く振る舞えたはずだ。楯突いた相手が悪かったな」

「田村のような三ピン、偉ぶるだけで、世のためにも人のためにもならぬクソ役人だ」

「そうではない……」

佐久間の目がさらに燦めいた。

「おまえが江戸で狙った相手のことだ」

「忘れもしない……大目付・大河内右京……あんな腑抜けた奴が、安寧秩序とやらのために、人々を弾圧したのが悪いのではないか。討ち損ねて、俺はこの様だ」

「その大河内右京も今では、上様のお気に入りでな、悠々自適に暮らしておる……まさにおまえとは大違いだ」

憎々しい佐久間の言いっぷりが、筒井の心を逆撫でしたのか、右京への苛立ちが嫉妬のように渦巻いた。しばらく様子を見るように、佐久間は、供侍が掲げる蠟燭灯りに照らされる筒井の顔をじっと見ていた。

「――本当のことを話してやろう……おまえを、この金山に押し込めておけと命じたのは、大河内右京だ」

「さもありなむ……」

達観したように筒井は言ったが、佐久間はニンマリと笑って、

「そして今……おまえが武士を捨ててまで、大切にしてきた〝竜宮町〟を壊そうとしている……人々を追いやり、場合によっては灰燼にしてしまうつもりだ」

「なんだと」

「それが、幕閣一同の狙いでもある」

「………」

「おまえの儚い夢は、やはり朝露の如く、儚いものであったな……繰り返すが、俺とてもう救うことはできぬ……せいぜい大河内右京を恨みながら、ここで朽ちていくのだな」

佐久間は来た道を戻っていった。

再び真っ暗になった洞窟の中で、筒井の目だけが獣のように燦めいていた。

「――大河内右京……やはり、あの時、ひと思いに斬り捨てておくのだった……昌平坂学問所の仲間と思うて、情けをかけたのが仇となった……愚かだった……おのれ、右京」

鉄格子を摑んだ筒井は、「ちくしょう!」と叫んだ。激しく揺すったとき、チャリンと音がして、何かが足下に落ちた。

闇の中で手探りで探すと、そこには鍵のような棒状のものと巾着が落ちていた。紐を緩めて開けて触ってみると、小判や朱銀が数枚入っている。

「もしや、佐久間様……」

漆黒の洞窟の中で、筒井は身震いしながら、その鍵のようなものを握りしめた。

三

江戸城本丸にある大広間では、老中・若年寄はもとより、勘定奉行三名、寺社奉行四名、町奉行二名、大目付四名、目付十名ら総勢が集まっての大評定が執り行われていた。

その中には、大河内讃岐守右京もいる。

他の幕府重職に比べて、若造に見えるほどの年だが、裃姿で威儀を正した姿勢は、ふだんのほんわかした右京とは別人のようだ。

もっとも、〝かみなり旗本〟の家系だということは、みな承知している。今でも政盛の影響があるのか、誰もが右京にも少し遠慮がちな態度に見えた。

議題は予てより上がっていた、相模国横浜村の吉田新田にある『竜宮町』の処分についてである。

かつては、大老の酒井忠勝が、三代将軍・徳川家光から鷹狩りの地として与えられた片田舎に過ぎなかった。が、明暦年間から、江戸の材木商の吉田勘兵衛が、海辺に埋め立てた新田が広がっていった。さらに新開地として、横浜新田、太田屋新田などが造営され、東海道神奈川宿と相まって、人々が集まるようになったのだ。

しかも、神奈川湊は古来、江戸湾の要衝地、同じ江戸湾に面する品川、六浦、富津、木更津などとともに、物資の集散地として栄えていた。鶴岡八幡宮や関東管領の上杉氏が支配していた湊町である。この周辺には、他に生麦や野毛など幕府が支配する湊があり、神奈川代官が行政を担っていた。

その目と鼻の先に――町人自治の『竜宮町』があった。しかも、他の湊とは比べものにならないほど、繁栄していたのである。

幕閣や奉行らが、侃々諤々の議論が闘わされる中、

「よいですかな、ご一同……」

目をつむって聞いていた老中首座の黒田豊後守が声をかけた。一際、風格があり、知性溢れる面差しである。

「そもそも、埋め立てには、地盤とする丈夫で大きな石が必要なため、江戸城の石垣と同じ伊豆や安房から運び集め、堅牢な石堤を作ったからこそ、かの『竜宮町』は今も立派な町として成り立っておる」

黒田は、材木商で石材商でもある吉田勘兵衛を讃えながらも、吉田に協力した黒田

助兵衛や砂村新左衛門という普請請負業者の貢献も顕彰したいほどだと言った。

「ご一同もご存じのとおり、吉田勘兵衛の初代は江戸城築城に従事しており、黒田助兵衛も諸国の神社仏閣の建築のために、山を開いたりする事業にも携わっておる……姓は同じ黒田だが、身共とは関わりない。だが、寺社奉行を務めていた折には、よく聞いた名でな、『竜宮町』造りに携わっていたと聞いて、縁を感じておる」

一方的に黒田が話を続けるのを、幕閣らは聞いていた。

「当然、『竜宮町』は幕府が許可を与えて建造させたところであり、幕府の普請方も大きく加担している。神奈川湊を擁する所であり、江戸の要でもあるからだ」

最後に黒田が強調したのは、

「それゆえ、『竜宮町』は所定の運上金や冥加金を幕府に払っておるとはいえ、このご時世において、五十年も前のままの額というのは如何かと存ずる」

ということであった。つまりは、増税したいのである。

「はい。それについては私が……」

勘定奉行のひとり、本多主計頭が身を乗り出した。いかにも能吏らしい聡明な顔つきである。

「上様の倹約令をもって、多くの無駄を省くことをしても、財政はなかなか良くなりませぬ……農民への増税はもとより、商家の間口に応じた運上金の見直し、神社仏閣への冥加金、さらには諸大名への普請名目の拠出を求めても……ご一同も、胸を痛めている、稀有な災害対策に莫大な費用がかかるため、容易ならざるものがあります」

後に〝江戸三大飢饉〟と呼ばれるほどの規模ではないが、被害は九州や瀬戸内、西日本に始まり、やがて関東や東北にも広がった。それに加えて地震や火山の噴火、水害、疫痢なども続き、幕府としては、新たな対策を担う〝土砂留め奉行〟などを設け、諸国に派遣していた。

「幕府にあっては、天領のみならず、諸藩にも援助をせねばならない。農民が作物を作れなくなり、商人は物が売れなくなり、そのため職人は腕を振るうこともできず、一家心中をする者も増えました。まさに無宿人を多く生んでいるのも、この世相だからこそです」

本多は真剣なまなざしを、一同それぞれに向けながら、

「無宿人対策も喫緊の課題で、勘定奉行配下の金山奉行・佐久間播磨守のもと、無宿人らは伊豆土肥金山の掘削に従事させております……が、不満を抱えている輩も多く、強制するのはなかなか難しい面もあります」

と説明した。

　すると、相撲取りのように体が大きく、一際、貫禄のある若年寄の金子日向守が、苦々しく眉間に皺を寄せて、

「とはいえ……無宿人はハッキリ言って、咎人同然。罪を犯してない者でも、いつ何時、牙を剝くやもしれぬ。この際、水替え人足として、伊豆のみならず、佐渡を含め、諸国の鉱山に送るのはやむを得まい……いや、それこそ、安寧秩序のために、幕府が率先してやらねばならぬことだ」

　そう断言した。

　すると、右京が「よろしいでしょうか」と議事進行役の老中に声をかけてから、

「無宿人を罪人扱いするのには、反対でございます。金山の発掘に従事させても、きちんと報酬を支払われておりませぬ。これでは、働く支援どころか、労役に過ぎませぬ。私も諸国の鉱山を巡見したところ、いずこも同じように悲惨で、人が人として働き、暮せるには程遠い状況です」

　と進言すると、他の幕閣たちも同意したように頷いた。

　むろん、金子も百も承知の上で、

　——労働力不足の解決と、金山による幕府の収入。

　という、一挙両得の方法として論じているのである。右京も分かっているが、無宿

人対策はきちんと立てるべきで、増税の議論は別だと、右京は進言した。

「そのことよ、大河内」

　黒田は扇子で膝を打ちつけ、

「飢饉が広がる中、百姓たちの年貢を高くすることは無理であろう。さすれば、町人、なかんずく商人には是が非でも協力させねばなるまい。江戸や大坂の問屋仲間をはじめ、諸国の町々、街道筋の宿場町の問屋場、琉球や松前との交易の運上金も増やす」

「…………」

「かくなる上は、『竜宮町』だけを特別扱いにするわけには参らぬのだ」

「特別扱い……とはいっても、かの地は古来、町人が営む自治の町。昔の堺や博多のように会合衆なる住人の代表が選ばれて、事を決めております。そこに幕府が……いえ、如何なる武家も口出しはできぬ慣わしです」

　右京が言うと、金子は顰め面を向け、

「おぬしに説かれなくとも百も承知だ。そのつまらぬ慣わしとやらを変えよう、というのが老中・若年寄の……いや、上様のお考えでもあるのだ」

「上様の……」

「さよう。背に腹は替えられぬ」

「お言葉ですが、『竜宮町』から税を取り立てたところで、此度の厳しい財政難を立て直せるとは思えませぬが」

「では、何もせずに指を咥えてろとでも、申すのか。ふはは。これだから苦労知らずの、親の七光りとやらは、役に立たぬ」

金子は一々、嫌味な言い草で返してくる。理由は分からないが、よほど右京のことが気に食わないのであろう。父の政盛からも、

——金子には気をつけろ。

と聞いてはいたが、あまりにも露骨なので、あえて相手にせずにいた。

「私も『竜宮町』には、何度か足を運んでおりますが、実に良き町だと思います。自分たちのことを自分で決めるので、人々が活き活きとしており、暮らしぶりも豊かです。江戸で言えば町火消のような自警団があり、治安が良いので、争い事も少ない。何より……この町の湊には、江戸に運ばれる莫大な物資が届きます。むしろ、幕府が率先して、守るべき町ではありませぬか」

町役人として、年寄、老中、乙名などがおり、何事も合議によって決めているところも、かつての堺や博多と同じである。その代表も、〝入れ札〟という仕組みで選ばれるから、不正も起きにくい。月行事が交替で町政に当たるのも、合理的である。

右京はその点を窘めたが、金子はまた大きな体を揺すりながら、皮肉っぽく、

「ならば、おぬしも町人となって、『竜宮町』で暮らすがよろしかろう」

と言ってから、目が鋭くなった。

「はっきり言おう……あの町には、今や、無宿者が密かに集まっておる。そして、幕府に対して不満な輩を打ち揃えて、謀反を起こそうと画策している。そういう連中の隠れ蓑として、丁度良いからだ」

「謀反……そんなバカな」

ありえないと右京は首を横に振った。

「幕府は何も介入していないのに、逆らって何になるのですか。むしろ、自由闊達に暮らしているのですから、現状を続けた方が良いはずです。事を荒立てる理由がない」

「だから、世間知らずのお坊ちゃまは困ると言うておるのだ」

金子はわずかに語気を強めて、

「かの地には、富が蓄積されている。金山奉行の佐久間殿が後で話すだろうが、百万両の富がある。小さな大名ならば、あっという間に飲み込んでしまう富だ」

「富があるなら、尚更、謀反なんぞしますか」

「逆だ。富を得ているからこそ、金によって自分たちの思い通りにしようと考える輩が生まれるのだ」

　自信満々の顔つきになって、金子は続けた。

「そやつらは、江戸の町を『竜宮町』のようにしようと画策しておる」

「どういうことですか」

「言うたとおりよ。何もかもを、町人が仕切る町にする……武家も役人もおらず、町人たちだけの町にする、とな」

「まさか……」

「直ちには無理であろう。だが、いずれ将軍もいなければ、武士もいない。主従関係だの長幼の序だのという封建制度そのものを、ひいては幕藩体制をもなくそうという奴らが、『竜宮町』には蠢いているのだ。吉宗公の頃より、かの地の近く金沢に、六浦藩米倉氏一万二千石の陣屋を敷いて、見張りに当たらせているが、充分には功を奏しておらぬ」

　金子の熱弁を、右京は俄に信じることはできなかった。だが、黒田も佐久間も、他の幕閣や奉行たちも、金子の話に頷いている。

「おそらく、『竜宮町』は武器弾薬を揃えておるだろうし、腕の立つ浪人たちも集めているとの報せもある……鯛や鮃の舞い踊りに、うつつをぬかしている間に、すっかり頭の中も洗脳されているのであろう」

　それでも右京は俄に信じられないと、反論をしたが、黒田は穏やかな口調ながら、

「大河内。そこで、おぬしの出番だ。先頭となって、『竜宮町』をぶっ潰して貰いたい。手段はおぬしに任せる」

　と命じた。

「ぶっ潰す、とは穏やかではありませぬな」

「ならば、幕府の支配下に組み込む……とでも言い換えるかな。謀反の芽は小さいうちに摘んでおくに限る。根を深く張り、幹が太くなり、枝葉が伸びて生い茂れば、伐採するのが難儀ゆえな」

　黒田や金子の言い分を、右京なりに考えていたが、自分にとっては唐突すぎる命令ゆえ、即答はしかねた。

「とても、謀反と縁がある町とは思えませぬが……」

「まだ、さようなことを言うか。ならば、この男の名を出せばどうじゃ」

　口元を歪めて、黒田は語気を強めた。

「筒井権兵衛……こやつが、密かに無宿人や渡世人、浪人者から、生臭坊主、物乞い

同然の輩を『竜宮町』に呼び寄せている……と聞いても、動かぬか」

「まさか、筒井が……」

「おまえとは〝御学友〟らしいが、あまりにも考え方が偏っておる。御政道批判も常軌を逸していた。それゆえ、おぬし自身の判断で、江戸払いにしたはずだが」

「私の判断ではありませぬ。北町奉行・小田切殿の……」

「言い訳はよい。おまえが、奴に逆恨みとはいえ、命を狙われたのは事実だ」

「………」

「この筒井権兵衛は、元は加賀藩の藩士だったから、幕府としても始末の仕方に悩んだが、そいつがまたぞろ亡霊のように蘇って、おぬしを……いや上様を標的にせぬとも限らぬ」

黒田が鋭い目で見据えると、金子と佐久間も同じように、右京を睨みつけた。

「おぬしは、大目付だ。幕藩体制を守るのが役目だ」

大目付は、大名の監視のみならず、キリシタン弾圧なども含め、社会不安を煽る者たちを見つけ出し、治安維持に務めるのが本分だ。そのために、配下の隠密を諸国に張り巡らせている。

「幕府の屋台骨を揺るがす連中が、まさに江戸の喉元に、刃を突きつけているのだ。

しかと心得て、不逞の輩を燻り出すがよい」

幕閣や奉行ら一同が見守る中で、右京は重責を背負わされた、暗澹たる気分に陥っていた。内心では、どうしても『竜宮町』が悪の巣窟とは思えなかったが、

――逆に、何事もない。

ことを証すことができる機会にもなろう。

「承知仕りました」

右京は深々と頭を下げるのであった。

四

番町の一角に、〃寛政の三博士〃と呼ばれた柴野栗山の高弟で、三村寒山という儒学者が、旗本や御家人の子供らを預かる学問所を開いている。学問所といっても、少し高尚な手習所のような私塾で、商家の子らも通っている。

ここで、徳馬も学び始めていた。

年齢もまちまちで、下は七歳から上は十四歳までおり、師範たちは四書五経を中心に、人の道を説いていた。

柴野栗山といえば、時の老中・松平定信に招聘されて幕府に仕え、昌平坂学問所の最高顧問にまでなった人物である。〝寛政の改革〟を断行した松平定信は、この柴野栗山や古賀精里に寛政異学の禁を担わせた。が、その松平定信ももう今は昔の人。ある越後の藩再興にまつわる陰謀を暴き、右京が追いやったのである。

将軍家斉の治世は変わらないが、世の中は緩やかに自由を取り戻して、元禄の頃のような町人文化が咲き始めていた。ゆえに、町人の子らも学問に目覚めていたのだが、やはり武家社会にあっては、理不尽な虐めが罷り通っていた。

この日も――。

十二歳くらいの武家の子弟数人が、寄ってたかって、町人の子を取り囲んで、酷い言葉を浴びせてからかっていた。

「おい、下郎。俺の足を舐めろ。それが、できぬというなら、四つんばいになって、犬の真似をして、ワンワンと吠えろ」

武士の子弟の頭目格は、大人の女くらい体が大きく、小柄な町人の子たちを見下ろし、横柄な態度で詰め寄った。子供ながら羽織袴姿であり、腰には脇差しを差している。幼子の頃は竹光だが、学問所に通う年頃になれば、本身を持参するのが武家の慣わしだ。

もし、その刀を抜かれたら怖いから、町人の子は仕方なく半べそをかきながら、犬の真似をして「わん」と鳴いた。

「声が小さい。そんな鳴き声では、番犬にならぬではないか」

「わ、わん……」

「さっきより小さくなったではないか。おまえたちは、いずれ俺の中間として雇ってやるのだから、今のうちにキチンと躾けておいてやる。ほら、ワンと大声で鳴け」

挑発するように頭目格が軽く足蹴にして、町人の子をいたぶった。

「——ワンワンワン！」

町人の子が必死に、出る限りの大声を発すると、頭目格の子はしゃがみ込んで、犬にするように頭を撫でると、

「よしよし。よい子だ。さあ、お手だ」

「…………」

「お手をしろ、清吉」

頭目格の子が掌を出すと、清吉と呼ばれた子は、犬がするように軽く握った拳を乗せた。途端、頭目格の子はバシッと払った。

「バカか、おまえは。手を乗せてどうするんだよ。お手と言ったら、アレだろアレ」

「アレ……お金は今日は持ってません」

「おやおや。両替商のくせに、お金がなきゃ貸すこともできないじゃないか。嘘だろ。本当は持ってるだろ。さあ、出せ」

「本当に持ってないんです」

「だったら、店に帰って持ってきな。さあ、早く、とっととしろッ」

苛立って立ち上がった頭目格の子が、また足蹴にしようとしたとき、

「待て――」

と声をかけながら、徳馬が近づいてきた。

やはり羽織袴の若君の姿で、まだ前髪頭だが、凛として爽やかな風貌だった。しかし、虐めをしている武家の子供らに比べて、まだまだ小さく、顔つきも幼い。

「おまえたちがやっていることは、盗賊と同じだ。恥を知れ」

堂々と不正を追及する物言いに、頭目格の子はジロリと徳馬を見た。

「大目付のお子ちゃまか」

「そうだ。だから、おまえたちも私がちゃんと見張っている」

「上等だ。俺が誰だか、知ってるよな」

「知ってる。だけど、あえて言わない。恥を晒すだけだからだ。武士の情けだ。今日

は見逃してやるから、立ち去れ」

徳馬は真剣なまなざしで睨み上げた。頭目格の子は苦笑を浮かべて近づいてくると、いきなり徳馬を殴り飛ばした。間髪入れずに、他の子供たちも徳馬を羽交い締めにして、殴る蹴るを続け、地面に引きずり倒した。

そこに、辻番の番人が、「こら、何をしておるのだ」と駆けつけてきた。

武家の子供たちは悪びる様子もなく、番人に向かって、立ちはだかった。頭目格の子はズイと前に出て、

「俺が誰か知ってますよねえ」

「——こんな乱暴なことをしては、だめだろう」

「誰か知ってますよねえ。それとも、俺を引っ捕らえてみますか」

「そんなふうなことは、やめなさい」

辻番は本来、大名や旗本の家臣がするのだが、近頃は中間が担い、侍だとしても最も身分の低い者だった。それを頭目格の子は知っているからこそ、からかっているのだ。

「やめろと言う前に、殴ってみたら、どうですか。俺たちが、このチビにやったみたいに。さあ、さあ。やってみなされ」

わずかに怯(ひる)む番人を、武家の子たちは嘲笑(あざわら)いながら立ち去った。まるで小さな旗本奴(やっこ)かならず者のようだった。

すぐ近くの大河内家に帰った徳馬の姿を見て、政盛は憤怒(ふんど)の形相(ぎょうそう)で、鴨居(かもい)の槍に手をかける勢いで、

「なんたる卑怯(ひきょう)な奴ら。このじいが仇討(かたきう)ちに参ってやる」

と怒りの声を上げた。

まだ〝かみなり旗本〟ぶりは健在である。だが、徳馬の方が大人びた口調で、政盛の怒りを静めるように、

「お祖父様。落ち着いて下さい。これくらい、掠(かす)り傷です」

と落ち着いて言った。

その徳馬の顔の傷を、母親の綾音が愛(いと)おしそうに手当てしている。すっかり大河内家の嫁として腰の据わった綾音は、右京に恋心を抱(いだ)いていた頃のような愛嬌(あいきょう)は減って、厳しい母親の顔になっている。

元は、僧侶の娘であるからか、家でも日頃から「四端(したん)」の心がけなどを教えている。四端とは、惻隠(そくいん)、羞悪(しゅうお)、辞譲(じじょう)、是非(ぜひ)のことをいう。つまり、思いやりがあって、不正や悪を憎み、恥を知り、何事も控え目にして、善悪を判断できることである。この徳(とく)

目は、大目付としても必要不可欠なものであろう。

　綾音もその心がけで、武家女の矜持と態度が板に付いてきた。祖父が甘いぶん、徳馬に対して厳しく接し、大河内の「九代目」として立派になって欲しいと願っている。もちろん、徳馬もそれに応えるべく、頑張っていた。

「お義父様のお怒りはごもっともですが、よくぞ止めたと、徳馬を誉めてやって下さいまし」

「むろん、その気持ちはあるがな。多勢に無勢などと、卑怯者は許せぬ。しかも、かように幼い子を相手に、武士の風上にも置けぬ奴らだ。成敗してくれよう」

　合戦にでも出陣するような昂ぶりである。そんな政盛に、綾音は微笑みながら、

「子供の喧嘩に、大人が出ていっては、如何あいなりましょう」

「誰が子供の喧嘩に口出しすると言うた。相手は分かっておる。加賀金沢藩百万石の前田宰相様が江戸家老、岩永武左衛門が一子、栄之進であろう。そうだな、徳馬」

「そうです」

「まさに虎の威を借る狐。こいつが子分を従えて、あちこちで悪さをしているのは、辻番のみならず、旗本屋敷の門番たちも目にしておるのだ。だが、相手が相手だけに、黙っておる」

「ですから、子供の……」

綾音が言いかけるのに、政盛は被(かぶ)せて、

「いいや。これは、加賀百万石が、公儀(こうぎ)大目付大河内に売った喧嘩だ」

と憤怒の形相になった。

「お義父様……そう事を荒立てては……」

「綾音。おまえも大目付の子として育てたいならば、不正義を不正義のままにしておいてよいと思うてか。これが罷り通れば、徳馬にとってもよくない。相手次第では、黙認(もくにん)するという悪(あ)しき癖がつく」

「なにも、そこまで……子供がしていることです。栄之進という子も、何か心に溜(た)まっているものがあって、つい悪戯(いたずら)をしたのでございましょう」

「両替商の子から、金を脅し取るのが悪戯だと申すか。盗賊紛(まが)いのことを見逃しておっては、こやつらにとってもよくない。厳しく処分せねばなるまい」

「お義父様……」

綾音は止めようとするが、政盛は槍を摑んで小脇に抱(かか)えると、

「徳馬、ついて来い」

と足を踏み鳴らしながら玄関に向かった。

さすがに、それはまずいと綾音は、政盛の前に行って土下座をし、

「得意の槍を使うのは、事の真相を問い詰めてからでも、遅くはないのではありませぬか。徳馬に何かあれば、すぐにお祖父様が出向くという癖がついては、よくありません」

と毅然と見上げた。

「お金を強請り取ろうとした年上の子たちの所行を、見るにみかねた徳馬は立派だと思います。さすれば、お義父様が〝仇討ち〟をするよりも、徳馬本人に仕返しをさせた方がよろしいのではありませぬか」

「仕返し、とな」

凛然と目を輝かせて綾音は頷き、徳馬を振り返った。

「よいですね。自分ひとりで解決してごらんなさい。分かりましたね」

「はい。承知しました」

徳馬は素直に、母親の言葉に従った。

ところが――。

翌日も、同じような怪我をして、徳馬は帰ってきたのである。それどころか、両替商の子の清吉は、親から言い含められたのか、「これ以上、虐めないで欲しい」と訴

えて、十両もの大金を、栄之進に渡したというのだ。

　さすがに、それには綾音も頭に来た。話を聞いた右京も同様だった。しかし、親が出ていっては、批判の矛先が大河内家に来て、本当に加賀金沢百万石と厄介なことになりかねない。とはいえ、黙って見過ごすことはできない状況であろう。

「おまえが行けば角が立つ、右京。ここは、隠居に任せろ」

　政盛は、徳馬を連れて、同じ番町内に構えている岩永の屋敷に出向いていった。

　孫の成長ぶりが嬉しくて、いつもは目尻が下がりっぱなしだが、今日は違っていた。すでに論語の素読は完璧で、剣術や槍の使い方も優れており、身体能力も素晴らしいのは、狩り場でも披露している。祖父としては、褒めちぎってばかりだ。

　徳馬自身も、相手が前田家の家老の子というだけで、尻込みなどしない。祖父譲りの胆力があるようだ。

「さすがは儂の孫だ。正義をまっとうせねば、男ではない。ましてや、いずれ巨悪を暴き、不正を正す大目付になる身分なのだから、きちんと始末せねばなるまい」

　加賀藩の上屋敷は本郷五丁目にあり、岩永もふだんはそこに詰めているが、三村寒山の私塾で栄之進を学ばせるために、わざわざ別邸として、旗本屋敷を借りていた。

岩永はここから、二十人余りの家臣を引き連れて、本郷まで通う。その大層な行列は、時折、周辺の者たちも見かけるが、黒塗りの武家駕籠に乗った岩永の顔は、さぞや偉そうなことであろう。

長屋門を潜って玄関に来た政盛と徳馬を迎えたのは、岩永自身であった。

政盛は単刀直入に、孫が受けた子細を話すと、さすがは百万石の家老だけあって、冷静に聞いてから、

「大河内様においては、さぞやご心痛でございましたろう。お孫さんも、お祖父様にそっくりで、利発な顔をしておいでだ」

と落ち着いた声で言った。

カッカと血が昇っている政盛に対して、岩永の方が二回りも若いのに、貫禄があるように見えた。風貌もどことなく高貴で、大名であっても不思議ではない品格がある。

すぐに家臣に命じて、栄之進を呼びつけた。

栄之進は、父親の横にキチンと正座すると、丁寧な所作で、政盛に頭を下げた。その息子に、岩永は政盛から聞いたばかりの話が、本当かどうかを問い質した。

すると、栄之進はすぐに答えた。

「さようなことは、しておりません。まったく反対のことです。その子が商家の子を虐めてたから、私が咎めたのです。そしたら脇差しを抜こうとしたので、少し懲らし

めてやったのです」

「なんと」

政盛はなんとか怒りを抑えて、直に栄之進に聞き返した。だが、栄之進は同じことを繰り返しただけだった。

徳馬も何か言いたそうだったが、黙って見ていた。その顔を、岩永は微笑んで見て、

「うちの子は、こう申しておるが、徳馬殿でしたかな……どうじゃ」

と尋ねると、すぐさま徳馬は言い返した。

「栄之進殿は嘘をついております」

「これは困った。お互い言い分が違うな。では、どちらが正しいか、証人を集めねばなりませぬな」

「本当のことです。そうでしょ、栄之進様」

徳馬が直に問いかけると、栄之進は首を横に振りながら、

「そうやって、人のせいにするのは、おまえの悪い癖だ。寒山先生もいつもおっしゃっているではないか。嘘は泥棒の始まりだとね……自分の胸によく手を当ててみなさい」

と説諭するかのように、堂々と言った。他人が栄之進の姿を見れば、とても偽りを

述べているとは思えないであろう。

「嘘だ。この嘘つき」

　思わず徳馬は声を荒らげた。すぐに岩永は制するように、

「人を嘘つき呼ばわりするのは、よくありませんよ。ですよね、大河内様。お孫さんのことを可愛（かわい）がり、信じたい気持ちはよく分かります。私も、この子が出来たのは遅かったですからな、孫のように可愛い」

「…………」

「ですが、物事の真偽や善悪については、きちんと分別しておきたいものです。我が子、我が孫だからというて、一方的に決めつけたり、信じたりするのは……それこそ、大目付として如何なものでしょう」

「儂の孫が偽りを申しておると？　何のためにだ。それこそ、嘘をついているというのなら、証拠を出してみなされ」

「証拠……」

「こっちは、両替商『紀ノ国屋（きのくにや）』の子、清吉から言質（げんち）を取っておる。そこな栄之進殿と仲間から、十両もの金を奪われたとな」

　政盛はそう言った。事前に家臣をして、店までいって話を聞いていたのだ。

岩永はおもむろに、懐から十枚の小判を出し、

「この金のことですかな。これは『紀ノ国屋』に売った茶器の代金を受け取っただけ。いや、しかし、子供たちの手を通して授受したことは、これ軽率でしたか。とんだ誤解を招いてしまいましたな」

「——岩永殿……真面目に言うておるのか」

政盛の顔が豹変したが、岩永は淡々とした態度で手を叩いた。

すると、奥から数人の旗本の子弟が出て来た。栄之進と一緒に、両替商の子を脅かしていた者たちだ。その後ろからは、見覚えのある三村寒山の姿も現れた。

「寒山先生……どういうことですかな、これは」

問いかける政盛に、寒山は一礼してから、

「私の塾におきましても、徳馬の態度が近頃、おかしくて、すぐにカッとなって周りの子に乱暴を働くのです。墨を投げたり、硯を蹴ったり、障子を破ったり……ですので、どうしたものかと、こうして相談をしていたところです」

と言った。

徳馬の表情にも変化が浮かんだ。そして、思わず声を発した。

「出鱈目です。先生が見ていないところで、そいつらがやっていることです。それを

私のせいにしているだけです」

「でもな、徳馬……他の子たちも、おまえがやったと話しておるぞ」

「先生はその目で見たのですか、私がやっているところを」

「それは見ておらぬが、十人が十人、そう話せば、信じるしかないであろう」

寒山が言うと、栄之進が小馬鹿にしたように鼻で笑った。その顔に政盛は気付いたが、何も言わずに、確信を得たように、

「寒山先生……あなたの師匠である柴野栗山先生には儂も随分と世話になり、人倫から国家安寧、済民経世まで様々な話をしたが、人として最もしてはいけないことは、〝人を陥れるための嘘〟をつくことだと教えられた」

「ですな」

「まさか高弟の貴殿が、かような嘘のために利用されるとは、心が痛む。師のことを思い出して、篤と考えてみなされ」

政盛の言葉に、寒山もわずかに表情が曇ったが、岩永はそれでも物静かに、

「事の真偽は私も気になるところですが、大河内様……あなたが孫を信じるように、私も自分の子を信じておりますれば」

「…………」

「それにしても、勇み足だったのではありませぬかな。噂にはよく聞いております。〝かみなり旗本〟と呼ばれ、幕政においても、思い込みで突っ走ることが多かったとか」

黙って聞いている政盛に、岩永は冷ややかな目で言った。

「隠居なさっているのですから、どうか気を楽になさいませ。お孫さんが可愛いのは分かりますが、度が過ぎますな、あはは」

悔し涙の徳馬だが、やはり多勢に無勢。一旦は引き下がるしかあるまいと、政盛は判断した。だが、毅然と言ってのけた。

「ここまでして、証拠隠滅まで謀るとは、岩永殿……百万石も地に落ちたものよの」

「なんと、子供の話に、我が藩の名まで持ち出すというのですか」

「おぬしのような武士の風上にも置けない者を、家老に据えていることが、加賀藩の名折れだと申しておるのだ」

「――我が藩に喧嘩を売るつもりですかな、大河内様」

「そっちがもう、幕府に売っているではないか」

「なんですと……」

「儂を見くびるでないぞ、岩永殿。この屋敷に乗り込んできたのが、子供の喧嘩についてと思うておるのか……おぬしが加賀金沢藩の名の下に、一体何を画策しているか、それこそ己が胸に手を当てて、考えてみるがよろしかろう」

政盛は相手を睨みつけて、意味深長なことを言ってから、徳馬の手を引くと、

「よいか、徳馬。世の中には、人を欺き、平気で嘘をついて陥れ、それでも平然としている人間がいる。平然としているどころか、相手が苦しむ姿を見て喜ぶ、邪気を持つ者がいることを、よく覚えておけ。ここにいる連中も、そういう輩だ」

朗々と言ってから背を向けた。

その背中は、すべてを見抜いているという風格があったが、岩永の目からは鈍い光が発せられていた。

五

数日後の真夜中のことである。

雲がどんよりと広がり、月も星もない夜に、その火事騒ぎは突然、起こった。

日本橋の金座近くに構える『紀ノ国屋』の母屋と蔵が、いっぺんに燃え盛ったのだ。

近くの商家や長屋にも延焼する勢いである。

半鐘が激しく打ち鳴らされる中、町火消が駆けつけてきて、天水桶の水や竜吐水を掘割から引いてかけたり、柱や梁などを打ち壊して鎮火しようとした。だが、炎の柱となって大きくなって、広がるばかりであった。

主人の寛右衛門は、両手を掲げて、必死に叫んでいた。

「消してくれえ！　蔵には十万両もの小判があるのだ。これが焼けてしまっては、新しい貨幣と交換ができなくなる！　消してくれ、ああ、早く消せえ！」

家人や奉公人よりも、まるで蔵の方が大切なのかと思うような狂乱ぶりである。町火消たちからも「危ねえ、火から離れてろ」と怒鳴り返される始末だった。

寛右衛門の言い分には理由がある。

間もなく、幕府によって、貨幣改鋳が行われるという噂があった。まだ確たるものではないが、江戸で指折りの両替商の耳には入っていたのであろう。もし、蓄財している金がすべて燃えたとあっては、交換できる金が目減りするどころか、まさに無一文になってしまう。

「早く……早く消してくれえ……」

地べたに座り込んだ寛右衛門の側には、息子の清吉が来て、呆然と炎を見上げている。寛右衛門はひしと清吉を抱きしめて、

「見よ、清吉……これが世の無常だ……長年の苦労が水の泡だ。ああ……」

と嘆いた。

清吉は自分の目に焼き付けるように、炎が勢いよく包み込む屋敷や蔵を、微動だにせずに見ていた。無慈悲なほど炎は大きく燃え上がり、町火消の働きも虚しく、蔵の中の金も屋敷も、すべて燃え尽くしてしまった。

幸い延焼は最小限で済み、『紀ノ国屋』の裏店が燃えただけで済んだ。焼け出された人々は、町奉行所や町年寄、町名主、あるいは近在の寺社の援助によって、しばらくの間、面倒を見てくれることとなった。

夜が明けても、重苦しい雲が広がったままで、ポツリポツリと雨が落ちてきた。やがて灰燼となった所で燻っている火を、消すような激しい雨となった。

昼頃になって、寛右衛門は、北町奉行の小田切土佐守直々に呼び出された。燃えた店からは程近い、呉服橋門内の奉行所に出向いた寛右衛門はすっかり意気消沈しており、今にも死にそうな顔をしていた。

お白洲の取り調べでもないのに、寛右衛門は町人溜まりで待たされ、しばらくすると玄関奥にある詮議所に通された。町奉行所には、原則として町人は入れない。ゆえに、十手持ちの岡っ引なども門を潜ることができず、出入りの商人もみな、役人が立ち合いのもと、勝手口にて用を済ませていた。

「此度は、難儀であったな」

小田切は町奉行らしい謹厳実直な面立ちながら、火事については痛く同情していた。小田切の祖先も、徳川家康の直参であり、三千石を拝している。

大坂町奉行、遠国奉行を歴任して後、北町奉行になって十年余りになるが、近年、凶悪な犯罪が続いていた。

だが、火付盗賊改方の長谷川平蔵とともに、

――罪人は、法をもって厳格に裁くだけではなく、恩情をかける。

という裁きを心がけていた。

ゆえに、死刑であるべき女盗賊などは、遠島の処分にするなど、事情ある者へは刑を減じたこともある。罪を犯す事情を斟酌するということだ。心中事件なども、一律に「引き廻しの上、獄門」にするのではなく、ふたりの男女の事情にも思いを寄せた。

そのような名裁きを幾つもしてきたと評判の町奉行に呼ばれて、一体、何事かと、寛右衛門は案じていた。まさか盗賊の仕業を許せというわけではあるまいが、あまりにも唐突な呼び出しに戸惑っていた。

寛右衛門は両替商問屋組合の次期肝煎り(きもい)に推されていたほどの人物ゆえ、小田切とは何度か、町年寄の樽屋(たるや)にて面識はあった。

小田切は労り(いたわ)の言葉をかけてから、

「されど、延焼は最小限で済み、死人がひとりも出なかったのは幸いだ。おまえの日頃からの、火事に対する心がけが良いからであろう。気の毒だが、町奉行所としてもなんとかするゆえ、しばらく我慢せいよ」

「――は、はい……」

茫然自失(ぼうぜんじしつ)となっている寛右衛門に、小田切は今一度、優しく声をかけた。

「嫁には先立たれてるらしいが、跡取りの息子もおることだ。早まったことは、決してしてはならぬぞ」

「お心遣い……ありがとうございます」

寛右衛門が手を突いて頭を下げると、小田切は「うむ」と頷いてから、おもむろに意外なことを話し始めた。

「町火消並びに町奉行所で調べたところ、今般の火事は、付け火の疑いが濃くなった」

「えっ……」

驚きの表情になった寛右衛門は、凍りついたまま町奉行の話を聞いていた。

「店の玄関、勝手口、蔵の裏手、離れや茶室の床下などに、油を撒かれた痕跡があったのだ。雨が酷くなる前に調べておいてよかった。もし、この雨が続いたら、あるいは見落としていたやもしれぬ」

「つ、付け火……」

寛右衛門は首を横に振りながら、どうして自分がこのような目に遭うのかと嘆いた。

「私は……入り婿ではございますが……手代だった頃からずっと、『紀ノ国屋』一筋で身を粉にして働いてきました……女房の父、先代の主人から引き継いでから十数年、世のため人のためと家業に勤しんできました……付け火などと、人に恨まれるようなことなどしたことはございません」

消え入るような声だが、必死に寛右衛門は訴えるのへ、小田切もしかと頷いて、

「うむ。承知しておる。自分が知らぬところで恨まれることもあるし、覚えのない妬みを受けることもある。だが此度の付け火は……どうやら、盗賊の仕業のようだ」

「——盗賊……！」

再び驚いた寛右衛門は、信じられないと目を丸くした。

「さよう。焼け跡を調べてみたが、千両箱のかけらもない。すべて灰燼となったとは

いえ、金具は残っているものだし、小判であっても溶けた痕跡があるものだ」

「では……」

「さよう。有り金残らず盗んだ上で、屋敷や蔵に火を放って逃げたと思われるのだ。ただ盗むなら、密かに入って逃げてもよいはずだが、わざわざ火を放つのは、騒ぎを大きくして時を稼ぐ狙いもあるのであろう。その手口から見て……」

小田切は少し声を抑えて、寛右衛門の顔を覗き込むように言った。

「近頃、関八州のあちこちの城下や宿場を荒し廻っている〝鬼殺し伝兵衛〟の仕業ではないかと、町奉行所では睨んでおる」

「〝鬼殺し伝兵衛〟——!」

寛右衛門はぞっとしたように全身を震わせた。下手をすれば、奉公人たちを皆殺しにされていたかもしれないからだ。それほど残忍な盗賊一味であることは、世間では知られていることであった。

「実はな……火事があった直後、うちの同心の藤田裕之助と岡っ引の平七が、それらしき盗賊一味が、屋形船を使って大川を下り、海の沖合に向かうのを見かけておるのだ」

「定町廻りの藤田様が……」

「だが、ふたりとも屋台で深酒をしておってな、ただの物見遊山の一行だと思ったらしい。えらい夜更けだが、月見に洒落込むこともある……だが、昨夜は生憎の曇天だ。後で考えれば、妙なことだと気付いたらしい」

「それは妙ですね……」

「十万両も大金を盗んだのだから、船を使うのは当たり前であろう。それにしても、千両箱で運んだとして、百個もあるのだ。屋形船に積むのは無理だ」

「はい……」

「一個の重さは、子供ひとり分だ。百人も乗るわけがない。しかも、それだけ運び出すなら、一味も十数人はいるであろうからな」

小田切はまた食い入るように、寛右衛門を見て、

「おかしいとは思わぬか」

「ええ。たしかに、十万両を一度に運び出すなんて、できることではありません」

「であろう。つまり、事前に少しずつ持ち出していた輩がいる。そして、空になったところで火を付けた。蔵が空であることが、バレないようにするためにな」

「そ、そんな、恐ろしいことを……」

寛右衛門が狼狽すると、小田切はさらに声を低めて、

「つまりだ……おまえの店の中に、手引きした者か、あるいは盗賊一味の仲間がいた……と考えられる。でないと、少しずつ運び出すなんて芸当はできぬ」

「私の奉公人の中に……まさか、そんな……」

　ますます困惑する寛右衛門だが、奉公人の中に〝鬼殺し伝兵衛〟の一味がいたなどということは、到底、信じられなかった。

「いずれにせよ、盗賊一味はすでに江戸を離れ、一旦、品川沖の埋め立て地に身を潜め、それから他の所へ移った節がある」

　品川沖の埋め立て地は、頻繁に起こる火事で生じる瓦礫や百万の人々が出す塵芥を処理するために行った、幕府の事業によって造成されたものである。日に二百艘もの船を使って、何年もかけて、岩石と土砂で固めた沖に埋めて、そこは鉄砲洲のような湊として利用するつもりであった。

　本来ならば、相模国横浜村の『竜宮町』のように、諸国からの回船が集まるようにして、多くの商人たちが蔵や江戸店を作り、繁華な町になるはずだった。だが、俄仕立ての埋め立て地では、地盤がゆるく、地震や豪雨に耐えられない。

　代わりに、品川宿の宿場女郎が集まって、売春宿が増え、ならず者や凶状持ちまでが棲み着き、隠れ賭場も開かれていた。いまや遊郭として繁盛している町で、江戸府外であることから、町奉行としては黙認せざるを得なかった。治安が悪い湊町さながらだったが、町奉行役人が乗り込むことができない。関八州扱いになっているため、勘定奉行は動いているが、放置しているも同然だった。

「だが、〃鬼殺し伝兵衛〃は、そこに留まっておらず……さらに海を渡って『竜宮町』に逃げたと思われる」

「相模の『竜宮町』……」

「さよう。そこなら、町奉行はもとより、勘定奉行も手が届かぬ。いや、老中や若年寄ですら、おいそれと手を出せぬ所だ……なにしろ、上様がお認めになっている、町人自治の町ゆえな」

「では、一体、どうなさるおつもりで」

不安げに寛右衛門が訊くと、小田切は小さく頷いて、

「おまえを呼んだのは他でもない」

「…………」

「岡っ引の平七と一緒に『竜宮町』に行って、色々と探りを入れて貰いたいのだ」

「探りを……と言われても、一体、何をどう……」

「それは追って藤田が沙汰を渡す。あの町は武士が入ることができぬ。だからこそ、

おまえの力が欲しいのだ。どうだ、怨みを晴らすためにも、町奉行所の力になってくれぬか」

強引に言う小田切に、寛右衛門はどう答えてよいのか悩んでいる様子だった。

「それと……ここだけの話だがな……実は、幕閣たちの決定で、『竜宮町』を潰すことに相成っておる」

「えっ、そうなのですか」

「〝鬼殺し伝兵衛〟のような盗賊一味のみならず、幕府に謀反を企む輩も巣くっておるとの密偵の報せもある。かの湊町は、幕府にとっても垂涎の的であるゆえ、なんとしても公儀支配にしたいのだ」

「…………」

「よいな。決して、口外はならぬぞ。下手をすれば、この奉行の首も飛ぶ」

「と、とんでもないです……誰にも話しません。お約束致します」

頭を下げた寛右衛門の口元が、ほんのわずかだが、笑ったように見えた。

「どうした。何か、おかしいか」

小田切が訊くと、寛右衛門は首を左右に振りながら、

「いいえ……ただ、我が身があまりにも哀れで情けなく、己を嘲笑いたくなります」

「うむ。おまえも辛いところだろうが、事と次第によっては、〝鬼殺し伝兵衛〟から金を取り返した上で、予定通り、問屋組合肝煎りになれるであろう。頼んだぞ」

念を押す小田切に、気弱そうな寛右衛門は小さく頷くしかなかった。

六

強い海風が吹き上げてくる高台から、鷹狩り姿で馬に跨った右京が、『竜宮町』を見下ろしていた。

江戸湾の遥か向こうには、上総の峰々が霞んでおり、白波の間には数多の船が浮かんでいる。何度も眺めた光景だが、飽きることはなかった。

右京は短い溜息をついて、傍らに控えている家臣の高橋と小松に声をかけた。やはり狩り装束で、馬に乗っている。

「どう見ても、平穏な良い町だがな。ここに、謀反を起こそうという輩が集まっているとは、到底、思えぬ」

「たしかに、整然とした美しい町でございまする。されど……」

高橋が言い淀むと、右京は振り返った。

「なんだ。気になることがあるのか」

「あの町に出入りしている商人などから、耳に入ってくる話は、芳しくないこともあります。たとえば、近頃は、会合衆が〝入れ札〟で決まるのではなく、一部の特権商人だけが独占し、町政を都合のよいようにしているとか」

「たしか、町名主は廻船問屋『三浦屋』の主人、吉右衛門だったはずだが」

事実かどうかは分からぬが、北条氏に仕えた三浦水軍の末裔だということだ。たしかに江戸湾から三浦半島、さらには相模湾から伊豆半島にかけて、沿岸の地形や海流を知悉し、海運に長けている。

「はい。『三浦屋』吉右衛門は、今も会合衆筆頭、さらに町の頭領として、実権を握っております。湊の権益を守り、各種の問屋仲間肝煎りの指名もしております」

「それは当たり前のことであろう」

「ですが、吉右衛門は、自分の気に入った者だけを取り巻きにして、意に沿わぬものは排除しているらしく、それが嫌になって『竜宮町』から出ていった商人が何人もいるとか」

「つまり、合議で成り立っているのではなく、吉右衛門が町を牛耳っていると」

「そうでございます」

「吉右衛門はかなりの人物だと聞いておったが、人間誰しも分を超えた力を持つと、余計な欲が増すのだな」

「さようで……」

高橋が頷くと、小松も同意して、船頭や水主たち船方から聞いた話を付け加えた。

「水軍の末裔と名乗るだけあって、『三浦屋』は大きな廻船も二十隻余り持っております。いずれも荷物を沢山載せられて、沿岸部を走るのに便利な弁才船です。それは幕府の規定以下の五百石船と名乗っておりますが、実質は千石船です」

「千石船……」

「海上では誰も止める者がおりませぬし、海の関所である下田や浦賀も我が物顔で通り過ぎております。それどころか……」

小松は馬上で、江戸湾から伊豆半島、駿河湾沿岸の海図を広げて見せた。風を受けてパタパタと揺れるが、それがまた大海原の波のようで風情がある。

「幾つかの海上にて、『三浦屋』が往来する船を停泊させて、荷物改めなどをし、海の運上金と称して、金を巻き上げているとか」

「まことか」

「もちろん、『竜宮町』の湊に荷揚げする船からは所定の税を取ることになっておりますが、海の上はそもそも『三浦屋』はもとより、『竜宮町』にだって権利はありませぬ」

右京は信じられぬと首を振ったが、小松は自分も一度、水主として乗り込んで、確かめたことがあると話した。

「ですが、海の上では海の上で、戦国期さながらの戦いがあります」

「なんだ、それは」

「その昔、三浦水軍と房総の里見水軍は、江戸湾を挟んで権益を守るために、幾多の海戦を繰り広げました。三浦の方は、伊豆水軍や今川水軍などを味方につけ、江戸湾の入り口である浦賀を押さえました」

「そのようなことが今でもあると」

「さすがに、そこまではありませぬが、かつての里見水軍の血を引く上総の者たちは、何かと妨害しているそうです。それゆえ、『三浦屋』吉右衛門としては、『竜宮町』の利権を守るために、館山や木更津など房総側の船にも目を光らせ、運上金を取り立てているのです。しかも、食い詰め浪人たちの武力を使って」

まさに海の関所を幾重にも設けて、航行する船から金を巻き上げた海賊のような所行である。それを見逃していては、幕府の権威は失墜すると、小松は付け足した。

「ふむ……由々しきことだな。されば、高橋、小松……おまえたちは今一度、『竜宮町』の内情を探ってくれ。自由の町であるはずが、自由でないとすれば、俺も考え直さねばならぬ……幕閣の憂いに過ぎないと思っていたのだが……」

高橋と小松が一礼して、馬に鞭打って走り去ると、近くの枯れ薄がガサガサと揺れた。その間から現れたのは、鷹匠の姿をしているが――鵜飼孫六、甲賀百人組の組頭である。

かつては、松平定信が大河内家を見張らせるために雇っていた忍びだが、側で見ているうちに、政盛や右京の武人としての誠意や人柄に惹かれ、今は大河内家の密偵として仕えている。

「ご懸念されていた、筒井権兵衛のその後のことですが……伊豆の土肥金山に、水替え人足として送られておりました」

「なんだと。江戸払いで済まなかったということか」

「子細は承知しておりませぬが、何か大きな力が働いて、金山送りになったと。ですが、その金山から、逃げ出した――ということも、手下が調べて参りました」

「逃げた。筒井がか」

「はい。しかも、田村という鉱山役人を斬り捨てて……水替え人足の扱いがあまりにも酷いので、役人を斬って、仲間を逃がしたとのことです。もっとも、ほとんどの水替え人足は無宿者で、その場で鉄砲で撃ち殺されたり、捕まったりしましたが」

鵜飼の話に、右京は愕然となった。

たしかに、筒井は金沢藩のれっきとした武士でありながら、「人は生まれながらにして平等である。仏の前でそうであるように」との浄土宗の教えをもとに、武士も町人もない〝極楽浄土〟をこの世に作ろうという考えを持っていた。

だが、武家社会の思想とは相容れず、藩主や家老たちから咎められたため、脱藩してからは学問の徒となった。その頃の筒井は、自由闊達な議論をしながらも、意見の違う相手を貶したり、ましてや人を傷つけることなどはしなかった。きちんと相手が納得するまで、丁寧に考えを述べる姿勢だった。

それが、いつ頃から変わり始めたか、右京はすべてを知っているわけではない。ただ、武士としての出世を捨て、学者としても異端視され、御政道批判をしただけで罪人扱いされることに、筒井は辟易としていたのだ。

時には酒で憂さを晴らしていたようだが、親友とは言えないまでも、仲の良かった右京にも激しく絡むようになった。

——厄介な奴だ。

と右京が思ったのも事実だ。考え方は勝手だが、その行いに安寧秩序を乱すところがあれば、大目付の職にある右京は、法をもって断罪せねばならない。

「金山から逃亡した筒井は、何処に行ったか、目星はついておるのか。老中の黒田様の話では、『竜宮町』に仲間を呼び集めている……かの如く言っていたが」

「足取りはまだ摑めておりませぬが、手助けをした者がいると考えられます。でないと、堅牢な洞窟牢に入れられたらしいですから、おいそれと抜け出すことはできませぬ。そして、急峻な山道を駆け抜けることも、銭金もなく過ごすこともできますまい」

「相分かった……筒井は『竜宮町』に現れる。そうに違いあるまい……もしかしたら、『三浦屋』吉右衛門との繫がりがあるやもしれぬ。その辺りをもう一度、探ってくれ」

「御意──」

右京が『竜宮町』に目をやった一瞬の間に、鵜飼の姿は風のように消えていた。

その夜のことである。

帰宅した右京を待っていたのは、意外にも、北町奉行の小田切土佐守であった。評定所ではよく議論を交わす仲である。

右京の顔を見るなり、両手を床に突くような勢いで、

「うかつだった、右京殿……」

と深々と謝った。

「手を上げて下され、小田切殿。一体、何があったのです」

「かの『竜宮町』に送った岡っ引が、水死体となって見つかった。きっと誰かに殺されたに違いない……そして『紀ノ国屋』寛右衛門も行方知れずで……」

「どういうことです」

火事があったばかりの『紀ノ国屋』寛右衛門を呼びつけ、押し込み付け火をした〝鬼殺し伝兵衛〟一味の探索のため、利用しようとした——ことを、小田切は子細に話した。

「それは、安易なことでしたな……岡っ引が一緒とはいえ、あまりにも無謀だ」

町奉行として軽率であったとことを、右京は指摘した。

「が、しかし……老中首座の黒田様がおっしゃったとおり、『竜宮町』には人に知られてはならぬ不都合なことが起きている証かもしれませぬな。犠牲になった岡っ引には気の毒だが……して、『紀ノ国屋』の方は、まったく分からないのですか」

小田切は首を振って、申し訳ないとまた詫びた。右京が今後、『竜宮町』に探索す

ることは承知しているので、その出鼻を挫いたことになると、小田切は思っているのだ。

「そう自分を責めないで下され。もし、〝鬼殺し伝兵衛〟一味が『紀ノ国屋』に逃げた。それを『竜宮町』の町名主である『三浦屋』が認めているとなると……これは一大事だ」

「えっ。そうなのですか」

「まだ予断は許されぬが、『竜宮町』で何かが蠢いているのは事実のようです。ここは正念場ですな。行方知れずの寛右衛門を探して助けるためにも……『紀ノ国屋』は少々、うちの子とも関わりがありますしな」

「徳馬殿と」

「いや、まあ。それはよいのですが、とにかく町奉行と大目付という立場は違えど、手を取り合って苦難に立ち向かいましょう。『竜宮町』を火付けや人殺しが跳梁跋扈する恐ろしい町にしてはなりませぬ」

右京が決然と言ったとき、いきなり廊下から入ってきた政盛が、

「それは由々しき事態だ。儂も手を貸そう」

と野太い声を発した。

「――父上、また立ち聞きですか」

「たまさか聞こえたのだ。それより、儂にも思い当たる節があってな。右京、おまえにはまだ言うておらなんだが、『竜宮町』……あの巨万の富が眠る町人の町を狙っているのは、幕府だけではないぞ」

「…………」

「加賀百万石の陰謀が蠢いておる。儂はそれを暴く」

「父上……当主はもう私でございます。余計なことに口出ししないで下さい」

「余計なこととはなんだ。儂はまだ耄碌(もうろく)しておらぬぞ。鷹狩りだって……」

「そういうことではなく、これは公務でございます。近頃、とみに物忘れも多くなり、足腰も昔のようにはいきませぬから、どうか邪魔をしないで下さいまし」

「邪魔とはなんだ、邪魔とは。おまえは、いつから、そのような情け知らず、恩知らずになったのだ」

政盛は怒り心頭(しんとう)に発した声で、地団駄を踏むように、

「ならばよい。儂が勝手にやる。そうでござろう、小野寺(おのでら)殿ッ」

「惜しい。私は、小田切でございます」

小田切が頭を下げると、政盛は口を歪めて、

「これは相済まぬ。かような不肖息子だが、よしなに頼みますぞ、小山田殿」

言い捨てて廊下を足音を立てながら、政盛は立ち去った。

「小田切ですが……」

「聞いた側から、忘れておるのです」

苦笑した右京だが、政盛が怒鳴り散らしたのは、ボケていたからではなく、本気であった。それが、新たな事態の悪化に結びついてしまうのだった。

翌日――。

早速、政盛は供侍や中間、小者らを連れて、また鷹狩りと称して相模の拝領地に向かった。それは表向きで、実際は途中にある品川沖の埋め立て地が目的だった。

かねてより政盛は、この埋め立て地こそが、『竜宮町』と繋がる〝不浄の場所〟だと睨んでいた。違法な売春や賭博が行われていながら、幕閣は黙認して何も手出ししないのは妙な話だ。しかも、加賀金沢藩・江戸家老の岩永武左衛門の名前がちらちら出ていた。政盛は密かに、

――利権に繋がる何かがある。

と睨んでいた。

政盛は、やはり〝かみなり旗本〟の血が騒いだのであろう。自らが探索をするつも

りで、勝手に出向いた。右京に話せば、年寄りの冷や水だと止めるに違いないからだ。

だが、右京は父親の行いに気付いており、密かに家臣の内田と辻、さらには鵜飼孫六の手下、屯兵衛を見張り役として密かに張り付けていた。

「ほう……ここが噂の品川新町、『竜宮町』への橋渡し場か」

などと優雅な面持ちで、船着場まで近づき、沖合に泊まっている五百石船を仰ぐように見た。大きな船の周りには、何十艘もの艀が浮かんでおり、荷物を運んで往復している。

「この船に乗れば、『竜宮町』に行けるのだな」

政盛が船番小屋で尋ねると、日除けの笠を被った番人が、

「申し訳ございません。お武家様には遠慮願っておりますんで」

と断った。

「さようか。だが、これで行けると、さる御仁から聞いて来たのだがな」

懐から袱紗を出して、番人に手渡した。

「さる御仁とは……」

「言わねばならぬのか。分かっておろう。加賀百万石の……で承知せねば、おぬしの方がまずかろう」

番人が袱紗を開いてみると、数両の小判が入っている。一瞬、目が輝いて、改めて政盛の顔を見上げると、

「では、旦那様だけ……お供の方々は、ここまでということで」

「さようか。では、乗るぞ」

政盛は供侍たちを置いて、俵や行李など荷物もある艀に乗り込んだ。沖合に漕ぎ出して、数十間ほど離れたときである。突然、櫓を漕いでいた男が海に飛び込んだ。

「なんだ……？」

不思議そうに、政盛が振り返った次の瞬間、

――ドカン、ドカン！

と艀が爆発した。船荷には、爆薬が仕掛けられていたのである。

濛々と白煙が広がり、あっという間に炎が艀を包んだ。しだいに炎は大きくなり、政盛の姿も煙に巻かれて見えなくなった。

船着場では、供侍たちが「何事だ、大殿！」と狼狽しながら叫んでいる。

船番や湊の人足たちも驚愕し、すぐにでも助け船を出せと大騒動となった。人々が集まってきて、何とかしようとしているが、爆破は二発目、三発目と続き、轟音の火柱を立ててしまった。

艀は燃え盛り、その姿も見えなくなった。

そんな異様な光景を――。

湊の一角に並ぶ蔵屋敷の一角から、黒い山岡頭巾の侍が見ていた。

「ふん……なにが〝かみなり旗本〟だ。孫のことといい、『紀ノ国屋』のことといい、余計なことをするからだ」

忌々しく顔を歪めるのは、加賀藩金沢藩・江戸家老の岩永であった。その目には憎しみが溢れており、これから始まる異変の火蓋を切ったかのような、満足した冷笑すら浮かべていた。

第二話　竜宮の城

一

袖ケ浦にある埋め立て地〝品川新町〟は、江戸防衛のため、幕末の嘉永年間に御台場となる所である。

それを左手に眺めながら、岩永武左衛門は、品川宿外れにある古刹に足を運んでいた。

近くには桜の名所である御殿山があるが、三代将軍の帰依を受けた沢庵が開いた東海寺を中心に何十もの寺が並んでいた。中には、鈴ケ森の刑場で処刑された咎人や、無縁仏となった品川女郎を葬り、供養している寺もある。

西岸寺は浄土宗の寺で、まさしく西方浄土を意味する寺だった。

浄土宗は法然が、長年修行した天台宗から離れ、「往生のためには雑業はいらぬ。念仏に専修せよ」と唱えたのが始まりである。諸国に騒乱が続き、末法思想が広がったがためだった。その後、親鸞が法然の弟子となり、仏の慈悲にすがる浄土真宗を広めるが、いずれも民衆から根強い支持を得た。

武家は、修行をした者のみが悟りを開ける密教や禅宗に帰依しているが、岩永はなぜか浄土宗を好んでいた。むろん、仏だの極楽だのは信じておらず、現世のみが〝御利益〟をもたらす所だと思っている。浄土宗や浄土真宗、時宗などと接しているのは、

——無知蒙昧な庶民を利用するため。

くらいにしか考えていない。

涅槃に至るまでの八正道で示される徳目、〝正見、正思惟、正語、正業、正命、正精進、正念、正定〟は、口では唱えても、まったく実践しないどころか、反対のことばかりしている。今し方も、自分と敵対する者を亡き者にしてきた。嘘をつき、盗み、人を殺すことなど、悪いこととはみじんも思っていない。

西岸寺の本堂には、立派な金色に輝く阿弥陀如来像が安置されている。

その前に、岩永と同じような頭巾や覆面の怪しげな侍が、三人ばかり待っていた。その色も金、銀、紫とそれぞれ趣向を凝らしている。他に数人の袈裟を着た僧侶もお

り、漂う険悪な異様な臭いは、阿弥陀如来像ですら穢しているようであった。

いや、阿弥陀如来自身が、悪党の頭領にすら見える。不謹慎極まりない怪しい連中の集まりは、清らかな西方浄土とは、まったく無縁に感じられる。

「首尾は如何かな」

金色の頭巾が声をかけた。

「木っ端微塵……というところですかな」

「まことに」

「疑り深いですな。身共のことが、それほど信用できませぬかな」

「そうではないが、大河内政盛といえば、老中首座の松平定信様……本来将軍になるべきだった御仁ですぞ、その方ですら、一目も二目も置いていた大目付。しかも、上様の実父であらせられる一橋治済様にも、〝大御所〟と名乗ることを禁じ、幕政から遠ざけた」

不安げに語る金色の頭巾を受けるように、銀色の頭巾も付け足した。

「その上、息子の右京が念入りにも、松平定信を失脚させ、家斉公を思うように操っているというではありませぬか」

「さよう。あの大奥に入り浸っていた上様が、近頃は様々な善政を敷いているとのことですが、俄には信じられませぬ。善政ならよろしいが、どう見ても、松平定信様の〝寛政の改革〟には遠く及ばぬ愚策ばかりだ。後ろで糸を引いているのは、大河内父子に違いありますまい」

と、紫の頭巾が続けた。

いずれもが頭巾の奥にある目だけで、頷き合いながら話し合っていた。

「だからこそ……」

岩永だけが黒頭巾を取って、

「我々、雄藩の江戸家老がこうして集い、大目付の大河内家が操っている幕政に、一石投じようとしているのではありませぬか」

「むろんだ。特に、我々、外様への風当たりが強くなってきた。諸国が様々な災害に見舞われているのを承知しながら、幕府の財政のことだけを憂い、我らに無理難題を押しつけてきておる」

「殊に大目付らは、言いがかりをつけるためか、これまでは指摘すらしたことのない、国元の城の小さな改築を違法だと評定所に取り上げたり、独立自尊が原則であるにも拘わらず、諸藩の御定法にも、幕法にはそぐわないと改訂を求めてくる」

「何もかもを幕府の都合のよいように決めたいのであろうが、あまりにも身勝手過ぎる。大名を大名と思うてない所行だ」

「まさしく。年貢の取り決め方まで口出しをしてくるからな」

「近頃は、我が国の沿岸に異国船も増えてきた。国防と称して、改めて公儀の測量隊を送ってきたり、森林の土砂留めを理由に、公儀役人が藩境などを無視して、勝手に往来している。各藩を愚弄する由々しき事態だ」

「それもこれも、あの大河内が、それこそ〝大御所〟にでもなったつもりで、上様に行わせていたことだ。たかが旗本ひとりに、好き勝手は許さぬ」

　金の頭巾、銀の頭巾、紫の頭巾はそれぞれが思いの丈をぶつけあった。

「まあ、その大河内は葬った」

　岩永は自信満々の顔を一同に向けて、

「あやつは、隠居をした後も、幕府安泰のためと称して、松平信明様を老中首座に据えてから、操っていた。みなもご承知のとおり、松平信明様は、幕政では松平定信様を支えていたものの、出自は大河内松平家。大河内政盛からすれば一族の分家であり、御しやすい相手だったのです」

　大河内松平家とは、三河大河内一族のひとつで、三代将軍に老中として仕えた〝知恵伊豆〟こと松平信綱もその名門である。

だが、松平信明は三河吉田藩主ゆえ、やはり三河以来の旗本筆頭格の大河内政盛には、頭が上がらなかった。〝寛政の遺老〟と呼ばれているが、要するに新たな政策を打ち出せず、大した実績はない。その後の老中首座を継いだ戸田氏教や牧野忠精や土井利厚らも無能に近かった。

「それはなぜか。大河内政盛がしゃしゃり出ていたからだ。上様もお気づきになればよろしいのに……ま、上様への批判はしないでおきましょう。とにかく、今般も、幕閣が相模の『竜宮町』に手出ししようとしているが、煽っているのは大河内だ」

「――のようですな」

「奴め、隠居して尚、幕政のため身を粉にして働くなどと称して、あれこれ我らのことを探っていた節がある……それが、幼き孫を利用してまでな」

「孫まで……」

「ああ。奴にとっては、子も孫も槍や刀のような道具に過ぎないのであろう」

岩永が蔑むように笑うと、他の頭巾侍たちも納得したように頷いた。

「そこでだ、ご一同……」

改めて威儀を正すように、岩永が身を乗り出すと、それが合図であるかのように、住職の道悦が真顔で頷き、他の僧侶共々読経を始めた。これは、密談をするときの作法で、万が一、公儀の密偵などが潜んでいたとしても、聞こえないようにするためだ。

だが、顔を付き合わせた四人たちだけは、よく聞こえる。

「よいかな。私たちは今こそ、一丸となって事を進めなければならぬ。それこそが、幕政を正すためである。我々の藩のみならず、諸国二百六十藩の行く末がかかっているのだ」

「では、なんとする」

「我々がまずやることは、『竜宮町』を公儀の手から守るということ。そして、江戸に包囲網を敷くということだ」

「うむ。その話は前々から出ておるが、いつ、どのような形で行うかが、喫緊の課題であろう。岩永殿には腹案があるのか」

岩永は当然だと頷いて、決して頭巾を外さないように念を押して、

「貴殿たちも、国元、あるいは在府の藩主に対して篤と話し、説得して貰いたい。我が藩の殿様は身共の考えを、全力を挙げて後押ししてくれている。だが、もし『竜宮町』を幕府がごり押しで、支配下に置くことになれば、厄介だ」

「ごもっともだ。『竜宮町』は町人自治とはいえ、財政的には、我が藩にも多大なる貢献をしているからな」

　金の頭巾が言うと、他の者たちも同じだと納得し、幕府に『竜宮町』には手出しをさせない策をどうするか話し合った。

「まずは、大河内政盛同様、そこへ乗り込む手筈になっている右京もこの世から消えて貰うということだ……これは身共が手配りするゆえ、ご懸念無用にござる。その代わり……」

　読経が激しくなる中で、岩永は消え入るような声で言った。

「それぞれの藩から、江戸四宿に対して、一万の軍勢を出して貰いたい」

「一万……！」

　銀の頭巾が驚いたが、金の頭巾は逆に、それで足りるのかと案じた。岩永はそれで充分だと答えた。

「むろん、多ければよいが、あまりの大軍となれば、事前に公儀が警戒する。旗本は五千騎。御家人が一万七千人余り。その家来が総勢集まったとしても、四万の兵で充分、脅威となる」

「脅威……」

「実際、戦闘するわけではない。交渉の上、将軍家斉公に、江戸城から出ていって貰えば済む話である」

岩永が確信を得たように言うと、他の頭巾たちの目は緊張したように見合った。

「交渉役はもちろん、我が藩の藩主、前田宰相でござる」

ズイとさらに身を乗り出した岩永は、興奮気味に顔を赤らめて、

「だが、その背後に、各々方のお殿様がいてくれれば、百万の兵が立ち上がったも同然。必ずや、事は成就しましょう」

と鼓舞するように力を込めた。

「さよう。これは、世のため人のため。この弱体化した国を夷狄から守り、庶民の暮らしを立て直すためでござるな」

金の頭巾も猛々しい目となった。

次第に僧侶たちの読経の声も激しくなり、阿弥陀如来だけが、穏やかに微笑みながら、岩永たちを眺めているようであった。

その床下に――。

黒装束の鵜飼孫六が潜んでいた。だが、四人の不審な輩の声は、読経に消されていた。それでも、鵜飼の瞳は薄暗い中で、爛々と輝いていた。

二

右京は愕然となっていた。『竜宮町』探索に向かった政盛が爆死したからである。

いや、死んでいるとは思っていない。あの不死身の父親のことだから、何か目論見があってのことだと信じている。

だが、内田と辻も船着場に残っており、目の前で爆破されたのを見た。その後、船を使って調べてみたが、政盛の刀や脇差しは壊れた船に残っており、焼けて残っているものの、肝心の亡骸はまだ見つかっていない。海底は深くてまだ調べていないが、未だに屯兵衛から何の報せもこないのが気になる。

「お祖父様が何者かに殺されたというのは、本当なのですか、父上」

徳馬が廊下から部屋に入ってきて、心配そうに訊いた。

「誰がそのようなことを……お祖父様は死んでなんかおらぬぞ」

「でも、学問所で栄之進が、そう言ってました。そして、寒山先生も酷いことだと、悲しんでおりました」

今にも泣き出しそうな徳馬に、右京はニコリと微笑みかけた。

「あの頑固爺イはな、これまで何度もかような目を乗り越えてきたんだ。歯が痛いだの腰や膝が動かぬなどと、細々と言うわりには、岩の下敷きになったり、天守の屋根の上から落ちても生き延びてきた凄い爺イなんだ」

「嘘でしょう……」

「おまえとお祖父様とどちらが馬捌きが上手い。剣術や槍はどうだ。弓の扱いは」

「…………」

「そりゃ、徳馬もその年にしては、なかなかの武術家だと思うし利口だとも思う。だがな、あのお祖父様は、ちょっと特別だ」

「特別……」

「ああ。大筒で撃たれても死ぬまい。俺もこれまで、何度も親父に助けられた。此度も、敵の懐に入るための手立てかもしれぬ。今は生きてると信じて、行方を探そう。ああ、『紀ノ国屋』の寛右衛門さんもな」

右京が慰めるように言ったが、利発な徳馬が素直に信じるわけがなかった。それでも、一縷の望みをかける思いがあるのか、涙を流すのは我慢しているようだった。その幼気な息子の姿を見て、右京は「信じろ」と言って肩を叩いた。

その背後から、綾音に連れられて、清吉が現れた。徳馬は振り返るなり、すぐに清

吉の手を握って、

「大丈夫。おまえのお父っつぁんも必ず生きてる。私の父上がきっと助けてくれる、お祖父様と一緒にね。だから、案ずることはない。辛いけど頑張ろう」

と慰めた。

清吉は店の家屋が焼け落ち、奉公人もばらばらになり、父親まで行方知れずになったため、しばらく大河内家で預かることにした。徳馬と特に親しかったわけではないが、他に引き取り手がなかったからである。

自分の家にいるときでも、清吉は父親も店の者たちも商売に忙しくて、あまり構って貰わなかったようだ。右京も何度か、徳馬と一緒にいる清吉の姿を見かけたことがあるが、いつも寂しげな顔をしていた。おそらく心が満たされていないのであろうと思っていたが、此度の一件で、益々、暗い子になっていた。

「大丈夫よ、清吉ちゃん。徳馬が言うとおり、あなたのお父っつぁんもきっと生きてるから。必ず帰ってくるから。それまで、うちの子のつもりでいてね」

綾音が明るい声をかけたが、余計に清吉は寂しくなったようだ。徳馬よりも一歳上だが、随分と幼く感じる。上目遣いで小さく頷くものの、口数が少ないのは、いつものことらしい。だが、ぽつりと言った。

「俺……おっ母さん、いないんだ」

そのことも右京も綾音も承知している。あえて触れないようにしていたが、父親までいなくなって不安なのか、清吉は胸の内を吐き出すように話した。

「おっ母さんは俺が小さいときに、流行病で死んだ……あまり、よく覚えてない……お父っつぁんは優しかったけれど、あまり遊んでくれなかった」

「でも、店の人とか、友だちとは遊んだでしょ」

顔を覗き込んで綾音が訊くと、清吉は首を横に振って、

「友だちもあまりいない。いつも、ひとりで遊んでた……でも、寂しくなかった」

「どうして」

「お金が一杯あるから。お金でお菓子とか玩具とか買えたから。お菓子や玩具が沢山あると、友だちも遊びに来てくれた。俺と遊ぶんじゃなくて、玩具で遊ぶだけだけどね。それでも、ひとりでいるより、ましだった」

「本当は、ひとりじゃつまらなかったのね。でも、この徳馬は、お菓子や玩具目当てに、清吉ちゃんと遊ぶんじゃないわよ。一緒にいて楽しいから。そうでしょ、徳馬」

綾音に振られると、徳馬も頷くしかなかった。

清吉は素直に、徳馬に「ありがとう」と伝えた。いつも、悪ガキから助けて貰って

いるからだ。すると徳馬は、

「武士が町人を守るのは当たり前だよ。お祖父様はいつもそう話してた」

と言った。

「だから、私は清吉を、栄之進から守る。あんな卑怯者たちに負けちゃだめだ」

「――俺……」

「なんだい。何でも話していいよ。父上もそれなりに役に立つよ」

「それなりって、おい……」

右京は苦笑したが、徳馬は至って平然とした態度で、清吉を見つめた。

「栄之進には逆らうなって、お父っつぁんに言われてたんだ」

「どういうこと」

「分からない。でも、お世話になってるお武家様だから、言うことを聞いてないと、
お店が大変なことになるって」

清吉の言葉に、右京の方が反応した。

「寛右衛門さんが、そう？　もう少し、詳しく話してくれるかい」

「………」

「いや、無理にとは言わないよ」

子供の清吉に詳しいことが分かるはずがない。だが、此度の火事や行方知れずのこととと、関わりがあるとしか思えない。

「いや、すまぬな。徳馬と一緒に、奥で遊んでなさい。夕餉の支度が調ったら、おばさんが呼んでくれるよ」

「――おばさん、ですか」

綾音がつまらぬところで引っかかり、右京を睨みつけた。

「あ、いや……美しい奥方様だな」

徳馬も綾音も、すっかり政盛に懐いていて、右京はそれこそ〝孤独〟であった。若い頃に、風太郎と呼ばれていただけあって、〝かみなり旗本〟の家系からすれば異端児だ。しかし、持って生まれた性分だけは直しようがない。

「そんなことより、綾音……俺は二、三日、留守にする」

「えっ……」

「家のことは用人の内海に任せておくが、事態が事態だ。用心しておけよ」

いつになく真剣なまなざしになる右京の覚悟を、綾音も胸中で受け止めていた。

大河内政盛が「爆死したかもしれぬ」という報は、江戸城中にもすでに流れており、幕閣の間では、『竜宮町』からの〝宣戦布告〟だと受け止めていた。

隠居の身とはいえ、政盛は三河以来の大身旗本であり、元大目付の職にあった。しかも、当主の右京に、老中らが『竜宮町』を探れと命じた直後の異変ゆえ、幕府内はピリピリした雰囲気が広がっていた。

その夜、右京は、山下門内にある老中首座・黒田豊後守の拝領屋敷に呼ばれていた。

北町奉行の小田切土佐守も同席していたが、なぜか異様なほど震えていた。右京よりも先に呼ばれて、此度の失態に対して、強く叱責されたようだった。失態とは、

――町人の『紀ノ国屋』寛右衛門を使って探索させようとして、失敗したこと。

――盗賊の〝鬼殺し伝兵衛〟一味を取り逃がしたこと。

である。

小田切は俯いたまま、まるで葬儀の席にいるかのように押し黙っていた。事実、岡っ引の平七は殺されたし、政盛と寛右衛門の消息が絶たれたことは、幕府にとっても大きな損失なのだ。

「大河内。親父殿のことが心配なのは身共も一緒だが、少々、勇み足だったようだな」

黒田が渋い顔で訊くと、右京は言い訳をしようとしたわけではないが、はっきりとは言い返せなかった。

「いえ、それが……」

「ああ、分かっておる。あの御方のことだ。おぬしの言うことなどに耳も貸さず、勝手に邁進（まいしん）したのであろう」

「まさか、かような事態になるとは思いませなんだが、未だに行方が分かりません。ご迷惑をおかけしております」

「まこと、分からぬのか」

念を押すように黒田が訊くのを、右京はほんの少し違和感を感じた。だが、それも思い過ごしと思い、

「はい。家中の者総出で探しておりますが、まったく手掛かりがありませぬ」

「鵜飼孫六も、か」

意外な名を黒田が口にした。公儀隠密のことを、黒田が知っているのは当然だが、なぜ気になるのか。かつて、松平定信に使われていた甲賀者（こうがもの）が、右京のもとで働いていることに引っかかるのであろうか。

「奴も、手下を引き連れ懸命に探しております。それが何か……」

「いや。ちょっとしたことを耳にしたものでな」

黒田は当然、伊賀者を支配しているが、この泰平の世にあっても、甲賀者との確執はある。黒田はそれを上手く煽って、手柄を競わせていることも、右京は承知している。

「ちょっとしたこととは」

「なに、大したことではない。ただ、出過ぎた真似はやめろと伝えておけ」

「出過ぎた真似……はっきりと申して下さらねば、分かりませぬ」

右京は訊き返した。黒田はよく奥歯に物が挟まっている物言いをする。優柔不断なのか、わざとなのかが分からぬから、黒田を信じ切ることができないのだ。

政盛は〝曲者〟と称していたが、そのとおりだと右京も思っている。もっとも、〝曲者〟には違いあるまい。盗賊とか忍びとか、正体不明の怪しい者のことだからだ。

黒田は、伊賀上野と伊勢桑名藩の間にある亀山藩当主である。当代の服部半蔵は、桑名藩の江戸家老の身でありながら、伊賀者の頭領として君臨している。桑名藩十一万石の当主・松平中将は徳川御家門である。亀山藩の上屋敷と同じ、下谷に屋敷があり、幕政に対しても常に密に接している。

「繰り返します。出過ぎた真似とは、どういうことでございまするか。はっきり聞きとうございます」

右京が再度、迫ると、黒田もふだんはなかなか見せぬ老獪な目つきになって、

「ならば言うが……鵜飼孫六は一介の忍びに過ぎぬ。だが、服部半蔵は千五百石取りの、しかも徳川御家門の家老だ。時折、鵜飼は桑名江戸藩邸に密偵を送りつけ、その動向を探っているようだが、おぬしが命じておるのか」

と今度は直截に訊いた。

「大目付ゆえ、どの藩であろうと目を光らせておりますれば」

「御家門だぞ」

「親藩や譜代であろうが、外様同様、動きを探れと、上様に命じられております」

大目付は老中支配ではあるが、将軍から直に命令を受ける立場にある。老中や若年寄を調べることもあるからだ。

「桑名藩に……もしくは服部半蔵に、怪しい何かが？」

「それは申し上げられませぬ」

「老中首座のこの黒田に対してでもか」

「さようでございます」

「ふむ。親父殿と違って、鷹揚な人柄で、心優しそうだと思うてたが、やはり腹の中

は、〝かみなり〟ぶりを受け継いでおるのか」

「拙者の気質と務めは関わりはありませぬ。相手が誰であれ、一切、揺るがないという点では、父と同じです。それが、大目付として最も大切なことであります」

右京がじっと見据えると、黒田は微笑を浮かべて、

「よく分かった。これで、おまえとも腹を割って話せる。もそっと近う寄れ」

と言った。

黒田は高膳の酒杯を勧めようとしたが、右京は断った。大事な話を酒席でしたくない。老中と大目付という関係は、常に緊張感を持っていなければならないからだ。同じ老中支配の留守居や寺社奉行、勘定奉行、町奉行や遠国奉行などとは違って、独立した身分ゆえである。

「まったく融通のきかぬ奴よのう。少しは、こいつを見習え」

チラリと黒田は、小田切を見てから、

「まあ、よかろう……実は、こやつが『竜宮町』に送った『紀ノ国屋』寛右衛門だが、加賀金沢藩の家老・岩永武左衛門と繋がっている節があるのだ」

と言った。

そのことには、右京も勘づいていたので、心に留めていた。が、黒田も調べていた

「驚くことはあるまい。岩永は、諸藩の江戸家老たちの束ね役だ。公儀に嘆願に来るゆえな、身共とは何度も顔を合わせておる」

江戸家老とは、今でいえば外交官のようなもので、藩の政情や財務状況などを幕府に伝え、少しでも国元が有利になるような配慮を願い出るのだ。また、江戸家老同士で、地元の作物の様子や災害の実体などを語り合い、互助精神でもって救援することも多い。

「岩永を呼んで調べたところ、寛右衛門は藩邸に出入りさせている商人に過ぎないと答えたが、何か裏がありそうなのだ」

「裏……もしかして、『竜宮町』と繋がっている、とか」

「おぬしもそう思っているのか」

「実は……父が探っていたのは、岩永のことなのです。岩永こそが、『竜宮町』の利権を食い物にしていると、睨んでいたようなので、そのことで狙われたとも……」

「ほう。天下の加賀藩の江戸家老が、『竜宮町』と繋がっているということか」

「ですので、『紀ノ国屋』寛右衛門は死んではおらず、どこぞに身を隠しているのではないかと、私は考えております」

右京がそう答えると、黒田は喉の奥で唸るような声を洩らし、

「つまり、岩永と寛右衛門は結託して、何かを企んでおる。そう思うのだな」

「はい。小田切殿に従って、岡っ引と一緒に『竜宮町』に赴いたのなら、寛右衛門も死体で見つかってもよいはず。平七はかなりの腕利きの岡っ引だと聞いてます。易々と殺されたのも腑に落ちませぬ」

「なるほどな。それで、おまえはどうするつもりなのだ」

「まずは寛右衛門を探し出し、岩永が『竜宮町』に何らかの関わりがあるのか、問い詰める所存です。もっとも……」

深い溜息をついて、右京は首を傾げた。

「岩永の狙いが何なのかということは、まだ見当がつきかねますが」

「そうか、『紀ノ国屋』寛右衛門が生きていると、踏んでるのか……だとして、どうやって探し出すつもりだ」

「方法は任せて下さるはずでは？」

「場合によっては、服部半蔵を貸そうと思っていたのだがな」

恩着せがましく黒田が言うと、スッと襖が開いて、隣室から服部が出てきた。登城するときのような裃姿である。

忍者であったのは先祖の話。当代は、十一万石の大藩の江戸家老である。体軀(たいく)はさすが手練(てだ)れの武芸者のように立派だが、顔つきや物腰は穏やかである。だが、まったく気付かないほど、気配を消していたのは、やはり忍びの者だなと、右京は感じた。

「お初にお目にかかります」

服部は丁寧(ていねい)に手をついて、右京に挨拶(あいさつ)をした。

「お父上のこと、大変、ご心痛(しんつう)のことと存じます。大河内様には、大変、お世話になりました。ご迷惑でなければ、私どもも探索に手を貸したく存じます」

「ありがたきお言葉」

右京も軽く礼をし、丁寧な口調で、

「されど、うちの家臣たちが鋭意(えいい)、調べておりますれば、本当に困ったときには、是非、お願い致しまする」

「承知仕(つかまつ)りました」

空気が張り詰めたのは、やはり服部半蔵の存在が大きかったからだ。先刻から、小田切が怯(おび)えるように震えていたのが、右京にもようやく分かった。

――服部半蔵は、暗殺者である。

ことは、幕府の中枢にいる者ならば、誰もが知っていることである。徳川御一門の大名の家老職にあるのは、いわば世を欺く姿。これまでも、幕府にとって不都合な人間を、闇から闇に葬ってきたのだ。

むろん、その証を残しているわけではない。それが、草の者の仕事だからだ。右京が、鵜飼に命じて、桑名藩の江戸藩邸を探らせていたのも、服部半蔵がいるからこそである。

黒田があえて、服部半蔵の姿を右京に見せたのは、「こっちも、おまえを監視しているぞ」というひとつの警告なのであろう。

とまれ、右京は一刻も早く、『竜宮町』で起きている異変が何かを摑み、解決すると、黒田に誓うのだった。

屋敷から、小田切と一緒に出ての帰り道、常に誰かに見張られている気がした。おそらく、服部の手の者が張りついているのであろうが、殺気はない。だが、小田切は、相変わらず震えながら、

「――わ、私は、殺されるかもしれぬ……」

と消え入るような声で言った。

「さようなことはない」

右京はすぐに返したが、小田切は何かに取り憑かれたように、辺りを見廻していた。

数々の名裁きをしてきた町奉行らしからぬ、おどおどした姿だった。

どこかで、不気味な梟の鳴く声が聞こえた。

三

所変わって、伊豆半島の深い山の中――天城峠に、筒井権兵衛はいた。

野良犬のような目つきだが、百姓か樵に金を与えて着物を調達したのであろう。水替え人足の薄汚れた姿から、髭もきれいに剃って、手甲脚絆に振り分け荷物は、どこぞの商人に見える。

この辺りは、〝天城越え〟と呼ばれる伊豆で最も峻険な所で、天城街道と下田街道の交わる所である。下田街道は、東海道の三島宿と伊豆半島南端の下田を結ぶ要路である。明治の世になって、天城山隧道が出来るまでは、多くの人々が物資を担いで、この天城峠を往来していた。

筒井は二本杉峠から、河津の方に下り始めた。この辺りも天領、旗本領、小田原藩領、沼津藩領などが入り組んでおり、街道沿いには何ヶ所もの継立場があって、人馬の引き継ぎが行われていた。地元の地理を知悉している者に案内される方が安心だし、山賊や野武士の類に襲われることも少ない。

　河津は天平の昔、行基が来て、仙洞山那蘭陀寺を開いたことから、伊豆における信仰の中心地となった。この寺は、戦国期には南禅寺と改められ、阿弥陀如来像を本尊とする広大な寺で、大勢の修行僧が集まる。街道には、僧侶や虚無僧、仏師らの姿も多かった。

　木立に覆われる曲がりくねった道を抜けると、遥か眼下に相模湾の海がキラキラ光るのが見えた。天気がよいので、遠く伊豆の島々も眺められる。

　筒井は安堵したように背を伸ばし、逃亡の旅だというのを忘れて、深く息を吸った。

山奥らしくない大勢の人の往来があるのも、気持ちを落ち着かせたのであろう。

　道案内を頼んだ馬子に過分な手間賃を払うと、ここで別れた。

　数人の虚無僧集団と擦れ違った。虚無僧は剃髪しない半僧半俗で、尺八を吹きながら、諸国を行脚修行している者たちのことだ。藍色無地の小袖に袈裟を掛け、脚絆に草鞋履きに、天蓋という深編笠をかぶり刀を帯びている。

「ごめん。筒井権兵衛殿でござるな」

　背後から声がかかった。

　筒井が振り返ると、虚無僧のひとりが深編笠の縁を軽く指先で上げ、こちらを見ながら近づいてくる。日焼けしたエラの張ったいかつい顔で、目つきも只者ではない。

一瞬にして、筒井は凍りついたが、できる限り平静を装って、

「違います」

と答えた。だが、虚無僧一団は皆、足を止めて、筒井を取り囲むように近づいた。

思わず身を庇うようにしながら、

「私は、ご覧のとおり、三島宿にある薬種問屋の者でございます」

と適当に言った。

しかし、虚無僧の頭目格はまったく意に介さず、声をひそめて、

「私は、桑名藩家老・服部半蔵様の家来で、酒向又八郎でござる。こちらは、同じく堀茂十、他の者も同族の伊賀者でござる」

「――伊賀者……」

筒井はさらに青ざめた。公儀隠密に見つかったからには、逃げるしかないと思ったが、多勢に無勢。筒井もかつては加賀藩士であり、〝御家流〟である「無拍子流」を嗜んでいるが、伊賀者が相手では敵うまい。

「ご安心めされ。勘定奉行・佐久間播磨守に命じられてのこと」

「佐久間……」

洞窟牢から、わざと逃がしてくれた佐久間播磨守の名を出されて、筒井はさらに心がざわついた。

「やはり、何か裏があるのだな。佐久間典膳、いや播磨守だったか、勘定奉行の地位にあるのが、俺のお陰だと思っている割りには、手荒い扱いだな」

「我々は、佐久間様とあなたの関わりは知りませぬ。ただ、追っ手から守って、無事、『竜宮町』にお連れしろと」

酒向が言うと、筒井はさらに疑念が頭に過ぎった。

「──俺を『竜宮町』に……はて、その『竜宮町』とやらは何処にあるのだ」

「惚けなくても結構です。そこには、あなたの仲間が、諸国から集まってきており、首を長くして待っております」

「…………」

「河津の湊からなら、関所も東海道の宿場も通らなくて済みます。相模の国は、すぐそこですぞ。筒井殿もそのつもりで、河津に向かっているのでしょう」

「妙な話だな」

筒井は虚無僧姿を見廻しながら、

「俺を捕らえ、土肥金山に閉じこめた幕府の手先どもが、今度は助けるというのか。

何を企んでおるのだ」

「私たちは、佐久間様の命令に従っているまででござる」

「その佐久間の後ろには、老中首座の黒田豊後守がいるはずだ。むろん、大目付の大河内右京もな。『竜宮町』に連れていくなんぞと言いながら、どこぞでバッサリか。それとも、江戸に連れ帰って、拷問(ごうもん)でもするのか」

「ご安心めされ。もし、さようなことをするつもりなら、すぐにやっております」

落ち着いた声で、深編笠の縁を上げながら言う酒向の目は、まったく血の通った人間には見えなかった。伊賀者というのが本当ならば、当然であろうが、筒井は油断できぬ相手だと思った。

わずかに身を引くと筒井は、いきなり道中脇差しを素早く抜き、虚無僧たちを斬り払うように円を描(えが)いた。ほんの少し後ろに飛び跳(は)ねただけで、虚無僧たちはまったく攻撃してくる気配を見せなかった。

「疑うのは無理もありますまい。三年近く、あのような暮らしをしたのですからな」

酒向は同情の言葉を吐いたが、やはり冷たい口調のままだった。

「信じて下さいと言う他ありませぬ。この先に継立場があります。そこにて我々と同じ、虚無僧姿になって、旅を続けましょう。さすれば、追っ手から逃(のが)れることができます」

　筒井は俄に信じられなかったが、ここで命を落としては、これまでのことが無駄になる。道中脇差しを鞘に収めて、言いなりになろうとした。その時である。

　ひとりの黒っぽい着物に野袴の、浪人姿の男が近づいてきて、

「そいつらに付いていくのは、やめておけ」

　と声をかけた。

　懐手で無精髭を撫でているが、見るからにひ弱そうな、ひもじそうな顔をしている。それでも、風に吹かれても、さりげなくやり過ごす柳の強さも感じる。

「何奴だ」

　酒向の声が険しくなると、堀も一歩踏み出て、尺八を手にして身構えた。それには、刃物が仕込んであるのであろう。

「俺か。名乗るほどのものでもねえがな、重田貞一という者だ。親が付けた名は、どうも嫌えでな、質屋通いが続くから与七とか、幾らでもごろごろ寝てられるから幾五郎とか名乗ってたが、近頃ア、気に入ってんのは……風太郎だな。風の吹くまま気の向くままの旅烏だから、丁度良いだろうとな」

　人を食ったように、江戸っ子訛りで勝手に喋るのを、虚無僧らは見ていた。

「どう見ても修行者じゃねえ。その商人をどうしようってんだ」

「おまえには関わりない」

酒向が返すと、風太郎と名乗った浪人は飄然と言った。

「それが、あるのだ」

「なんだと」

「筒井権兵衛殿。俺だよ、分からぬか」

風太郎に言い寄られて、筒井はまじまじと見ていたが覚えがないようだ。

「ちょいと昔の話だが、蔦重さんが財産没収されたとき、見舞いに来た人たちの中に、俺もいたのだがな」

「蔦重……」

「ああ。蔦屋重三郎さんだよ。山東京伝さんは例の黄表紙で五十日の手鎖にされた。松平定信さんも酷えことしやがったな。何が風俗を穢すだよ。庶民たちは洒落本や狂歌本を喜んで読んでるのによ」

筒井はアッと気付いたようだが、風太郎が指を立てて、「名前は言わなくていい」と目顔で合図した。酒向や堀たちも何か感じたようだが、筒井は黙っていた。

蔦屋重三郎とは、松平定信の弾圧に懲りることなく、蔦唐丸と称する狂歌師でありながら、数々の評判の浮世絵など出し続けていた版元である。すでに世を去っているが、吉原の遊郭生まれの粋人で、吉原大門前に本屋を開いて、次々と「吉原細見記」や「遊女評判記」などを出して評判となり、日本橋通油町に店を構えた。それからは、喜多川歌麿や東洲斎写楽、鳥居清長、歌川広重など後世に残る浮世絵や錦絵や、曲亭馬琴、十返舎一九らの戯作を沢山手がけた。

だが、松平定信の〝寛政の改革〟によって、風紀取締りが厳しくなり、政権批判の狂歌のみならず、ただの庶民の娯楽ですら摘発の対象になったのである。

筒井は武士を捨ててから、蔦屋重三郎の狂歌連に顔を出すようになった。その中で、わざわざ『竜宮町』から来ていた商人から、〝町人自治〟の話を聞いて感銘を受けた。現代で言えば、自由、平等、自己決定というところであろうか。とにかく、加賀金沢藩という由緒ある武家の出でありながら、封建社会を批判する言動が、松平定信の逆鱗に触れたのである。

幕府の怒りは老中・若年寄の顔ぶれが変わった今でも続いている。そのため、事情を聞こうとした大河内右京に手をかけたことで、伊豆金山送りとなったのだ——と自分では思っている。その裏に何があるのか、まだ知る由はない。

とまれ、筒井は服部半蔵の手下である伊賀者よりも、顔見知りの重田風太郎と名乗る素浪人の方が信じられると思った。

「酒向さんとやら……俺はたしかに『竜宮町』に行く。それまで護衛をしてくれるというのなら、喜んで受けるが、虚無僧の姿は窮屈でいかん」

筒井は変装することをハッキリと断り、

「俺は蔦屋重三郎さんから、〝蔦唐丸〟という狂歌名を譲り受けて、あちこちで幕政批判を繰り返していたが、今はこの様だ。だが、言っておくが、考え方も気持ちもまったく変わっておらぬ。それでも、守るというなら勝手にするがいい」

と宣言すると、山道をゆっくりと下り始めた。

「だってさ」

風太郎も酒向たちに微笑むと、連れだって歩き出した。

虚無僧たちは何か言いたげに身構えたが、酒向は黙ったまま制して、少し間合いを置いて、ふたりの後をつけた。

そんな様子を——。

近くの峠の茶店から、編笠に黒合羽という渡世人姿が見ていた。

茶をすすったその顔は、誰あろう、鵜飼孫六であった。背中合わせに座っていた鳥追い姿の女に、鵜飼は呟いた。

「聞いたか。服部半蔵が動いておったとは」

「狙いはなんでしょう。公儀の手先が、幕府に刃向かう者の手助けとは、やはりこの一件には、大きな裏がありそうですね」

「うむ。それにしても、あいつは何者だ……重田貞一と名乗ったが、どこかで聞いたことがある名だが……」

「調べてみます」

　さりげなく立ち上がって杖を持つ女は、意外と背が高く、凜とした顔だちは、それこそ浮世絵に出るような美形だった。女は軽く会釈をしたが、鵜飼は顔を向けないまま、

「酒向は曲者だ。油断するなよ、早苗」

　と言った。

　早苗と呼ばれた女は、鵜飼の手下の甲賀者なのであろう。脇道へ入ると、すぐに姿が見えなくなった。

　短い溜息をついた鵜飼の目にも、遥か遠くの相模湾の海の煌めきが眩しかった。

四

『紀ノ国屋』寛右衛門の焼死体が見つかったのは、右京が老中の黒田に会った翌日の夜のことだった。

意外にも、寛右衛門は、小田切の命令には従わず、『竜宮町』には出向かず、根岸の自分の寮に籠もっていたようだ。竈の残り火が油桶に移り、すべてが燃えたという。

北町奉行所からは、定町廻りの藤田らが派遣されて調べたが、寛右衛門は覚悟の上の自害をしたと判断された。火事になったのは、消し忘れたため、偶然、起こったのであろうと思われた。

というのは、寛右衛門の死体は、土間の梁にぶら下がっていた状態で見つかった。首を吊っていたのだ。だが、竈が近かったせいか、死体は焼け焦げで、顔も爛れており、見るに耐えない状態であった。

その足下の鉄で出来た金庫には、封印小判が四つと遺書が残されていた。

『すべてを失い、もう生きていく甲斐がなくなりました。清吉をよろしく』

とだけ達筆で記され、署名があった。

誰に宛てたかも分からないが、寮に置いてあったのであろうか、百両の金は息子の世話を頼むためのものと思われた。筆跡は、たしかに寛右衛門のものだった。

医者による検屍なども終えた後、同心の藤田が右京を訪ねて来たのは、その日の夜遅くなってからのことだった。

「ご無沙汰ばかりで、失礼しております」

定町廻り同心にありがちな伝法な雰囲気ではなく、如何にも真面目そうな役人だった。右京も別件で何度か顔を合わせたことがあるが、いつも丁寧な物腰である。三千石の旗本と三十俵二人扶持の御家人では格が違い過ぎるから当然であろうが、右京はさして気にしていない。

「まこと、寛右衛門なのか」

事情を知った右京は開口一番、そう尋ねた。小田切の話とまったく食い違うので、不思議に思ったからだ。

「お奉行のことですが、先刻、老中首座の黒田様より使いがきて、自宅にて蟄居を命じられました。町人を探索に利用した上、此度のようなことになったことへの責任です」

「小田切殿が……」

「はい。ですので、小田切様は神田橋門外にある自邸に引き上げ、新しい北町奉行が決まるまでは、南町が仕切るとのことです」

藤田は無念そうに、だが感情を押し殺して事情を伝えた。

「平七のことも、私にとっては忸怩たるものはあります。が、実は私も、お奉行に命じられ、浪人に扮して『竜宮町』に潜入していたのです。あの町では、浪人だけは用心棒代わりに雇っていますから。ですが……」

深く息継ぎをして、藤田は続けた。

「寛右衛門も平七も、一向に町に現れません。それどころか、繋ぎ役にしていた町方中間の和助も来ません。後で和助に聞いたところでは、ふたりは江戸を出たまま行方が分からなくなっていたのです」

「端から、『竜宮町』には行ってなかったというわけか」

「はい。その間に、平七は殺され、寛右衛門も……」

「寛右衛門は、自害ではなく殺された。おぬしの見立ては、そうなのか」

「ハッキリとは断ずることはできませぬ。しかし、土間で首を吊ったり、金庫を足下に置いたり、そのくせ、天井の梁にぶら下がるために踏み台がなかったり……おかしな点は幾つかあります」

藤田は真っ先にその場に駆けつけたときの様子を、克明に話してから、

「なにより、火事が不自然なのです。竈の残り火が油桶に移ったとのことですが、竈のすぐ近くにそんなもの置きませんし、竈の上には鍋も薬缶もなく、火を使った痕跡もありません」

「では、何者かが殺して、火を放ったと」

「かもしれません。店の方も、あれは付け火でしたから」

「うむ……」

右京は腹の中から息を吐き出して、

「もし殺された――となれば、小田切殿はますます立場が悪くなるな。なにより、寛右衛門自身が憐れ過ぎる」

と深く同情した。残された清吉は、この屋敷で預かっているだけに、なんと伝えてよいか、右京は思い悩んだ。

しかし、藤田の感想は少しばかり違っていた。探索は南町に移ったが、結論を出すのが、あまりにも拙速すぎるというのだ。

「たしかにな……では、おぬしは寛右衛門は自害ではない。しかし、ただの殺しとも思えぬ……と考えるのだな」

「はい。こんなことを言ってはなんですが、あの酷い顔では、寛右衛門自身かどうかも、誰も確かめることはできないのです」

「そうなのか？」

「もっとも、寛右衛門は近頃、左足を怪我していたらしく、医者によると、その痕跡が決め手にはなったそうですが」

「うむ……」

「それに、大河内様に清吉を預けた……というのも少々、引っかかっております」

藤田が不思議がるのは、何か事情を知っているからに他ならない。右京が確かめるように訊くと、藤田はあくまでも噂だがと前置きして話した。

「実は、寛右衛門の本当の子ではないかもしれないのです」

「なんと……連れ子とか」

「母親はお初といって、吉原の遊女でした。遊女といっても、御歯黒溝沿いにある河岸店の安女郎ですがね、囲い者にした時には、すでに、やや子を孕んでたとか」

「それが、清吉……」

右京が驚くと、藤田は情け深い目で頷き、

「とのことです。お初を女房にした経緯については、こんな話があります……あれは、もう九年近く前のことです」

と話を続けた。

ある夜――遊女暮らしが嫌になったお初は、どうやって逃げたのか、浅草寺の方まで走ってきていた。ところが、勘づいた吉原の若い衆が数人で、追いかけてきた。

お初は転びそうになったとき、たまたま近くを通りかかった寛右衛門が手を貸した。

追いついた若い衆たちは、お初を強引に連れて帰ろうとしたが、事情を察した寛右衛門は、自分が身請けすると言った。

「大きくでやしたね、旦那。しかし、こいつは器量良しで、稼ぎ頭だ。おいそれと売り渡す訳にはいかねえな」

強面の兄貴格が迫ると、寛右衛門は訊いた。

「幾らです、身請け金は」

「二十両。いや、三十両、戴きましょうか」

「分かりました。手持ちは五両しかありませんが、明日、日本橋の両替商『紀ノ国屋』に来て下さい。残りを渡します。もちろん、身請け証文も持参して下さいよ」

「おいおい。本当の話かよ。まさか、てめえ五両でトンズラこくわけじゃ……」

兄貴格が顔を突きつけたとき、呼び子が響き、「向こうだ。急げ」などと声が上がって、闇の中から、町方同心と岡っ引が走ってきた。それは、藤田と平七であった。

「貴様ら、何をしておる！」

駆けつけてきた藤田が十手を突きつけると、寛右衛門が答えた。

「何事でございましょうか……あ、これは北町の藤田様」

「おう、『紀ノ国屋』だったか。こっちに、怪しい奴らが来なかったか」

若い衆らをじろじろと見ながら、藤田が尋ねると、平七も睨みつけた。寛右衛門は
まるで若い衆たちを庇うように、

「何事でございます。この人たちは吉原の若い衆でして、今宵は月も出てないから物騒だと見送ってくれたのですよ。ああ、この女は私の女房にするのです……分かるでしょ、旦那。それより、何があったので？」

と訊き返すと、藤田は若い衆らを訝しがったが、

「盗っ人を探しておる。今し方、浅草の呉服問屋に押し入った奴らが逃げたのだ」

「ええ……!?」

驚きのあまり若い衆は、「俺たちじゃねえよ」と思わず必死に否定した。寛右衛門
もそうではないと認めてやった。

「で……？」

——右京の声に、藤田は我に返ったように凝視して、

「それから私と平七たちは、盗賊を探しましたが、結局、逃がしてしまいました。後日、寛右衛門から、お初を身請けしたと聞きました。その夜のことも、本当のことを話してくれました。なりゆきで助けたのだと」

「なりゆきで……」

右京は首を傾げた。どこか妙だなと感じたからだが、昔のことゆえ黙っていた。

「その一件が縁で、私も『紀ノ国屋』には出入りしてましてね、寛右衛門から時々、〝御用立〟を貰ってました」

袖の下のことである。定町廻り同心なら誰でもやっていることだ。危険な仕事なのに報酬が少ない上に、岡っ引や下っ引も雇わねばならない。金は出る一方なのである。

「ということは、うちに来ている清吉とも顔馴染みということか」

「まあ、そうですが……小さい頃から引っ込み思案で、おっ母さんもいないから、寂しかったんでしょうがね」

「寛右衛門が行方知れずになったから、うちの徳馬と友だちゆえ、見つかるまで面倒を見るつもりだったのだが……こんなことになってしまうとはな」

そこに、廊下から、そっと徳馬と清吉が入ってきた。立ち聞きをしていたのを、右京は勘づいていたが、いずれ本当のことを話さねばならぬから、放っておいたのだ。

徳馬の方が食ってかかるように、右京の前に来て、

「どうして、守ってやれなかったのです。武士は町人を守るためにいるのではないのですか。どうして、清吉のお父っつぁんが死ななければならなかったのです」

と強い口調で言った。

その子供らしからぬ態度に、藤田の方が驚いていた。だが、清吉の方はどことなく情けない顔で、俯き加減である。

「大丈夫か、清吉……」

藤田が声をかけると、気弱な表情は消えて、少し目に力がこもった。

「バチが当たったんだ」

ぽつりと言う清吉に、右京はどういうことだと訊き返した。

「お父っつぁんは、お金の話しかしなかった。金がないのは、頭がないのと同じだ。世の中は金で動いている。お公家様だって、金がなければ飯も食べられない。着物も着れないし、家にも住めない」

「………」

「金があれば何でもできる。侍だって雇える。誰もかれもが、お金にはかしずく。この国だって、金があれば買うことができる。そんなことばかり言ってたのに、自分の命は買えなかった」

子供らしくない言い草である。父親に遊んで貰えなかったことを、よほど恨んでいるのかもしれぬと、右京は感じていた。だが、次の言葉に、藤田ともどもハッとさせられた。

「あんなお父っつぁんは、死んだ方がよかったんです」

「これ、なんてことを」

藤田の方が思わず叱りつけようとしたが、右京は「よせ」と首を横に振った。清吉は唇を悔しそうに嚙んで、

「だって……だって、お父っつぁんは、おっ母さんが病で苦しんでたとき、薬も与えなかった。医者にも診せなかった……ただ何もしないで見てた。俺はずっと、おっ母さんの側に座って泣いてた」

母親のことはほとんど覚えがないというのに、そのときのことは胸に深く刻まれているようだった。右京がそっと肩に触れて、

「そうだったのか……今日からは、うちの子になれ。徳馬と兄弟になれ」

と声をかけると、清吉は堰を切ったように涙を流した。声を洩らすことこそ我慢していたが、徳馬も辛そうな顔で、

「泣けよ。泣いていいんだよ」

そう言うと、清吉は背中を丸くし、子供らしく声を出して泣くのだった。

五

『紀ノ国屋』は加賀藩に出入りしており、いずれ公儀御用達になろうかという両替商だった。勘定奉行の本多主計頭からの信任も厚く、金座後藤家との関わりも深めていた矢先の不幸だった。

禍福はあざなえる縄の如しとは言われるものの、急転直下の惨劇には、寛右衛門を知る町の人々も同情をしていた。

真相究明を一刻も早くしなければならぬ、との思いで、右京は早速、自ら『竜宮町』に潜り込むことにした。諸悪の根源は、この町にあると幕閣一同は断じたからだ。

むろん右京は、自由な風潮の町を潰すつもりは毛頭なかった。『紀ノ国屋』を襲って財を奪い、火事にして証拠隠滅を謀り、その上で主人の寛右衛門まで死に追いやっ

た罪は重い。藤田の話では、殺しの疑いもある。もはや、悠長に構えているわけにはいかなかった。

その日は――冬枯れの海風がきついとはいえ、目にも鮮やかな青空には雲ひとつなく、晴れわたっていた。

江戸湾に開けた町であり、輝く海の向こうには上総の山が見える。湊に集まっている大小の船は、百艘を超えているであろう。白い帆と青空、そして海原が広がっており、江戸の鉄砲洲とはまた違う明るい雰囲気が漂っていた。

右京は北は松前から、南は琉球まで行ったことがある。船旅は好きで、諸国大名領地への巡見の折は、よく乗っていた。大坂の難波津や九州の博多や長崎、薩摩の山川湊など、異国の船も沖合にある湊と比べても、まったく引けを取らない賑わいだった。

ただ、どこの湊とも違うのは、海に流れ込む河川がないことである。埋め立て地だから、仕方がないが、『竜宮町』に張り巡らされた堀川は江戸と同様、人々の暮らしに欠かせないものになっている。井戸水がなく、野毛の台地などから水道を引いていることも、江戸と似ている。

その堀川に面して、大きな蔵が何十軒も建ち並んでおり、人足たちが忙しく働いている。商人や職人風の者たちも多く、ぶつかり合うほどの人の混み具合は、江戸の日本橋さながらであった。諸国から来航する廻船の荷物は、艀で受け取り、さらに上荷船や茶船という川船を通して、陸揚げされるのだが、その光景も活気に満ちていた。

　湊から少し離れた商家が軒を連ねる一帯は、京のように碁盤の目になっており、阿波町、越後町、尾張町、駿河町、加賀町など、それぞれの町名主の出身国の町名が付いていた。各町には、仕入問屋、荷受問屋、貫目問屋、小売り商、両替商などが所狭しと並んでおり、いずれの店も肩を擦り合うように人が出入りしている。ここが相模の小さな漁村だったとは思えない繁華ぶりである。

　商家が並ぶ一帯から少し離れると、職人町が広がり、長屋が整然と並んでいた。江戸ならば九尺二間の裏店という、六畳一間くらいの所に四人家族が住んでいるが、ここは六畳と四畳半、それに六畳ほどの台所、さらに土間があった。裏には狭いが庭があり、物置にしたり、子供が遊んだりしている。

　縦横に走る堀川には、物売りの小舟が常に流れており、買い物に出かけなくても、必要な食べ物や日用品を手に入れることができた。しかも支払いは、この町だけで通じる紙幣で処理する。藩札みたいなものであり、もちろん両替商で、小判や朱銀などに換金できる。

人も多くて繁華ではあるが、生き馬の目を抜くと言われる江戸に比べて、豊かで余裕があり、女や子供たちにも笑いが多い。喧嘩や揉め事の声はまったくなく、怪しげな人相風体の者もいない。


そんな中で、着流しのこざっぱりした浪人が、ぶらぶらと歩いていた。

右京である。町を見廻しながら、

「なるほどな。噂に違わぬ良い所だ。町人が住みたくなるはずだ」

素直に右京は感じた。だが、人に表と裏があるように、きっと醜い面もあるのであろう。とはいえ、何かが蠢いている気配は、露ほどもなかった。それが不思議だった。

「ご浪人さん」

どこにでもいる中年の商人が声をかけてきた。穏やかな笑みで、

「どこから、いらっしゃいましたか」

と訊いてきた。

「北門からだ。この町は、浪人は構わぬと聞いたのだが」

「ええ、結構でございます。ですが、腰の刀は南北にある番小屋に預けるのが決まりでございます」

「そうなのか。何も言われなかったのでな」

「では、預からせて戴きます。あ、私は、〝会合衆〟の『錦屋』佐兵衛という者でございます。町名主みたいなものです」

「そうか。では……」

右京は素直に大刀を渡した。脇差しは認められるという。

「北門でございましたね。そこの番小屋に置いておきますので、名前をお教え下さい」

「松下梅之介だ」

適当に答えた右京に、佐兵衛は訝しげに上目遣いで見て、

「松に梅……これは目出度い名前でございますな」

「そうかな。軟弱そうで、ちと恥ずかしいが、親に貰ったものゆえな、致し方がない」

「いいえ。ご立派なお名前です。では……」

立ち去ろうとした佐兵衛を呼び止め、右京は道を訪ねた。

「実は『三浦屋』を訪ねたいのだが、何処にあるかな」

『三浦屋』の名を聞いて、佐兵衛は益々、怪しげに感じたのか、警戒した顔で、

「何用でございましょうか」

「『竜宮町』の町名主で、会合衆の肝煎りと聞いてな。挨拶をしたいのだ」

「挨拶……」

「なにか不都合でも」

「如何なる御用でしょうか。いいえ、『三浦屋』の吉右衛門さんは少し偏屈でしてね、誰かの紹介がなければ会わないのです」

「そうなのか。では、おぬしが案内してくれぬか。同じ会合衆なら丁度よい」

「それは……」

「袖振り合うも多生の縁だ。このとおり、よしなに頼むよ」

屈託のない笑顔で両手を合わせる右京を、佐兵衛はしばらく見つめていたが、何か含むところがあるのだろう、

「よろしゅうございます。ですが、私も同席させて戴きますよ。自由闊達な町とはいえ、初めて来た御方には、一応、用心しなければならない決まりがありまして、私も警固の担当でございますので」

と丁寧に言った。

「ああ、構わぬよ。初対面なのに、迷惑をかけるな。でも、良かった。助かる」

右京はまた笑いかけると、佐兵衛も愛想笑いを返したが、一旦、北門まで連れて行

き、刀を預けた。そして、右京の名前「松下梅之介」という名前を出入りの名簿に書かせ、一緒に『三浦屋』まで行った。

くだんの『三浦屋』は、湊に面した最も賑わいのある通りにあった。

三十間(けん)余りの間口に、金文字の軒看板、漆塗(うるしぬ)りの黒塀に囲まれた構えは、江戸でもなかなか見られない大店(おおだな)ぶりだった。船着場から直に荷物が運び込まれる石蔵にも、立派な懸魚(げぎょ)というお守りがある。日除けの妻飾りで、本来は城や神社仏閣などの棟木(むなぎ)の切り口を隠すためのものだ。

「なるほど……これは凄い……さすがは、町の元締めだけはあるなあ」

右京が感嘆を込めて言うと、佐兵衛は明らかに嫌な顔つきで、

「元締めだなんて言い草は当てはまりません。この町の運営は、町民から選ばれた会合衆から、さらに選ばれた役人たちが、二年交替でしているものです」

「そうなのか」

「はい。ですので、誰が一番偉いとか支配しているとかとは違います。特定の者が利権を得ることができないようにと、これも町人ゆえの知恵でございます」

「なるほど。しかし、『三浦屋』はもう十年近く肝煎りをしているらしいが」

「ええ、四度まではできますので、もう八年……そろそろ交替の時期でございます」

「もしかして、次はおぬしか」

「まさか。私なんぞ、まだ会合衆になったばかり。末席を汚しているだけです」

「さっきから謙遜ばかりだが、実るほど頭を垂れる稲穂かな、だな」

「ご冗談を……」

佐兵衛はまんざらでもない顔で、三浦屋の長い暖簾をくぐると、帳場にいた番頭の儀助に、吉右衛門に客人だと伝えた。佐兵衛の後ろにいる浪人を見るなり、儀助は何か揉め事でもあったのかと察したのか、すぐに奥に報せにいった。その小走りの姿が鼠のようで、妙におかしかった。

「そんなに急かすつもりはありませぬぞ」

右京が遠慮めいて声をかけたが、すぐに『三浦屋』の主人・吉右衛門が出てきた。まるで相撲力士のような大柄な体で、押し出しの強そうな面構えをしている。商人というより、任侠道の親分でも通じる迫力がある。

恐縮したように頭を下げた佐兵衛は、通りがかりに会ったことだけを伝えると、余計な話はせずにそそくさと立ち去った。その態度だけでも、如何に吉右衛門に気を使っているかが分かった。

「ご浪人様。私に御用とは何でございましょうか」

率直に訊いてくる吉右衛門は、とても偏屈とは思えなかった。

「実は、仕事が欲しくてな。この腕を役立てたい」

右京は腰にあるはずのない刀を抜く真似をした。浪人者が何人か、町の用心棒として治安を預かっていると聞いて、自分もそれにあやかりたいと申し述べたのだ。

「――そういうことですか……」

呆れ果てたような表情になった吉右衛門は、首を横に振って、

「この町には〝自警団〟がありましてね、元はお武家だった方もおりますが、今のところは間に合ってます。ご覧のとおり、諍いもほとんどない町でございます。夜は飲み屋などもありますが、賭博と売春は禁止ですから、ならず者の類もおりませぬ」

「よく分かっておる。ぶらぶらして見て、本当にいい町だなと感服した」

「でしたら……」

「俺が用心棒というのは、そっちじゃない。あっちのことだ」

右京は意味ありげに頰を歪めて、目顔で合図を送った。

「何のことでしょうか」

「よいのかな、ここで話しても……」

出入りの業者は何人も近くで番頭や手代と商談をしており、人足も出入りしている。

その姿を見やりながら、さりげなく右京は吉右衛門に近づいて、声を顰めた。

「いずれ決起する時がくる。ひとりでも多い方が役に立つと思うがな」

もちろん右京はカマをかけているのだが、吉右衛門は平然とした態度で、明朗な声で言い返してきた。

「決起だのなんだのと物騒なことを言っては、用心棒代をねだる輩が、近頃、増えておりますが、ご浪人さんはその類ですか」

あまりにもハッキリとした声なので、側にいた商人たちも驚くほどだった。その者たちに吉右衛門の方から、

「ねえ、皆の衆。この『竜宮町』には、罪人だの咎人の類はひとりもおりませんよねえ。ましてや、ご浪人様のように如何にも怪しげな物言いで、金をせびる輩もおりませぬ」

と言った。

右京は意外な対応に、少し戸惑ったが、同時に、

——なかなか食えぬ奴だな。

と感じた。この手合いは、掃いて捨てるほど見てきたからである。

しかも、此度はすでに幕閣の手の者も下調べをしてきており、幕府に対して謀反を

起こそうと画策している者たちが、この町を隠れ蓑にして集結していることは、右京自身が摑んでいることである。

後は、この町の〝本当の元締め〟が誰であるかということ。そして、幕府や江戸に対して何をしようとしているかを突き止め、阻止するのが右京の使命である。

「そうか。惚けるなら、それでもいい」

右京も居直ったように、周りの商人たちを見廻しながら、

「何も知らずに、平穏無事な暮らしをしているおまえたちも憐れだな。いずれ人質にされて、幕府の軍勢の楯にされよう」

と、さらに揺さぶりをかけた。それでも、吉右衛門は、「幕府の軍勢とは大袈裟な」と薄笑いを浮かべるだけで、頭がおかしいのではないかと言い、手代たちに追い返せと命じた。

すぐさま、手代らが三人ばかり、右京の背後から近づいたが、足捌きや袖から見える腕、拳は喧嘩慣れしている連中だということは、一目瞭然だった。態度だけは丁重で、

「ご浪人様。どうか、お引き取り下さいませんか」

と促すように言うと、暖簾の外には先程の佐兵衛が待っていた。

「なるほど……気配は消していたが、さすがは警護役の会合衆だけはある。すっかり騙された。おまえたちは、忍びの出か」

直截に言った右京に、手代たちはわずかに表情が強ばり、佐兵衛の目つきも鋭く変わった。だが、すぐに元の商人の物腰になり、店の表に誘うように手をかけた。

次の瞬間、手代のひとりは〝とんぼを切った〟ように跳ね、背中から土間に倒れた。同時に、他の手代が組みかかったが、まるで鞠のように弾け飛んだだけであった。

間髪入れずに、佐兵衛が匕首を手にして店に飛び込んできたが、右京が躱しながら膝を足蹴にすると、たたらを踏んで吉右衛門の方へ倒れ込んでいった。

吉右衛門はその佐兵衛を押し飛ばし、

「何をするのです」

と立ち上がって、右京を睨みつけた。すでに手には道中脇差しを手にしており、いつでも抜くぞと親指で鯉口を切った。

突然の騒動に、その場にいた商人たちは店から逃げ出していた。

「ふん。何がまっとうな商人だ……これで、よく分かったよ。『竜宮町』はたしかに、ずっと町人自治の町だったが、おまえさんが会合衆肝煎りになってから、どうも様子が違ってきたという噂だが、やはり噂は本当だったたってことか」

「…………」

「だが、俺はおまえさんを批難するつもりなんざ毛頭ない。なあ、『三浦屋』さん。あんたたちの野望とやらに、お付き合いさせてくれと頼んでるだけだ」

右京は、睨みつけてくる吉右衛門を凝視して、

「こっちも浪人暮らしが長くて、腹が空きっぱなしなんでな。贅沢のひとつもしてみたいんだ。よろしく頼むぜ、おい」

たった今、見せたばかりの右京の腕前に怯んだわけではないが、吉右衛門は何か考えがあってのことであろう、

「分かりました。話だけは聞いて差し上げましょう」

「そうか。それは嬉しい。乱暴して悪かったな」

「いいえ、こちらこそ」

口では謝っているが、油断ならない目つきで、吉右衛門は軽く頭を下げた。すると、右京の腹の虫がグウッと鳴いた。

「──そういうわけだ。鰻の蒲焼きかなんか、食いたいなあ」

右京が愛想良く笑うのを、佐兵衛や手代たちは苦々しく睨みつけていた。同時に、店の裏手には、浪人が十人ばかり抜刀して控えていた。吉右衛門からの合図があれば、

すぐにでも踏み込んでくる緊迫感があった。

むろん、右京も殺気は感じていたが、相手の数までは分からない。しかも、こっちは刀がない。少々、勇み足だったかなと思ったときである。

店の表から飛び込んできた、小汚い身形の子供が、

「父上、ここでしたか。何処へ消えたかと思いました。駄目ですよ、そんなこと」

と甲高い声を上げた。

右京が振り返ると、そこにいるのは――なんと、徳馬であった。わざわざ継ぎ接ぎだらけの古着に、顔を土埃で汚している。

「仮にも武士の端くれなのですから、商人から金を強請り取るなんてことは、やめて下さい。恥を知りなさい」

「――どうして、おまえが、ここへ……」

右京は困惑して、はっきりとした言葉にもならなかったが、それには答えず、徳馬はすぐに吉右衛門に対して頭を下げた。

「私は竹之助と申します。父は、武州滝山藩の下級藩士でしたが、ちょっとした失敗で脱藩せざるを得なくなりました。途中、母は病になって亡くなり、物乞い同然に暮らしていたので、こうして人様を脅しては金を強請り取っていたのです……父上、

私が何も知らなかったと思っているのですか。ああ、情けない。私はもう恥ずかしくて死にたいです」

涙ながらに言う徳馬に、右京はとっさに合わせて、頭を掻きながら、

「そこまで言うな……もう少しでうまいこと、いきそうだったのに、赤っ恥かかしおって、なんだ、おまえは」

と思わず手を挙げると、吉右衛門は苦笑して止めた。

「いえいえ、結構ですよ。そういうことでしたか……利口なお子さんが一緒とは……なに、こちらは強請られることなどありませぬが、おぼっちゃんに免じて、鰻でも食べさせてあげましょうかな」

「ほんとですか」

俄に子供らしい顔つきになった徳馬を、右京は軽く小突いたが、吉右衛門は急に親切そうな顔になって、「さあさあ」と奥の部屋に招き入れた。もちろん、油断をしたわけではない。本当は何者かを確かめたくなっただけである。

右京は照れ臭そうに、

「では遠慮なく、いや、かたじけない」

と繰り返しながら、行為に甘えるのであった。

六

　離れ部屋で、たらふく鰻重や刺身、煮物などを食べさせて貰ってから、右京と徳馬はすっかり寛いでいた。

　むろん、そのふりをしているだけである。何処で誰が様子を窺っているか知れたものではないからだ。庭には松明が煌々と焚かれており、忙しげに人が出入りしている様子が分かる。何事かと思っていたが、右京は関心なさそうなふりをしていた。

「いやあ。やっぱり美味いものを食うと、幸せな気分になるなあ……竹之助、おまえのお陰で、いい目に遭った。後で、ゆっくり湯にも浸かりたいのう」

　右京は口では、適当なことを言いながら、矢立で懐紙にさらさらと書いては、徳馬に見せていた。

『どうして来たのだ』

　すると徳馬もさらさらと返す。七歳とは思えぬ達筆である。

『お祖父様を探したくて、居ても立ってもいられませんでした。屯兵衛らが帰って来ないのは、生きてるからでしょう。父上も本当は知っているのでは』

『母上が心配している。夜が明けたら帰れ』

『内田と辻が近くにおります』

『子供が来る所ではない』

そう書いた右京に、最後は徳馬は口で言った。

「子供扱いはしないで下さい。父上のことも心配です」

「余計なことを……」

右京が言ったとき、いきなりサッと障子戸が開いて、廊下から屈強な体つきの浪人がふたり顔を出した。

「おまえか、新参者は」

と言いながら文字の書かれた懐紙を、浪人のひとりが見た。

「いつまでたっても、こいつは字の覚えが悪くてな」

右京は紙を丸めて、庭の松明に放り投げると、一瞬にして燃え上がった。

「で、俺に何か用か」

「ちょっと来い。子供はいい」

誘われるままに右京は立ち上がって、徳馬に向かって、

「寝てろ。これからは大人の話だからな」

と目配せをした。隙を見て逃げろという意味だと、徳馬は納得したが、何も反応は見せなかった。ただ眠そうに大あくびをした。

渡り廊下を歩いて母屋の大広間に行くと、十数人の浪人が集まっていた。間もなく冬だというのに、虫がまだいるのか、松明に飛び込んで、時折、ジイジイと音がしている。

一斉に右京の方に浪人たちの目が集まった。みな切羽詰まったような顔つきで、妙な緊張が漂っている。『三浦屋』がこの町の会合衆肝煎りとはいえ、浪人をここまで束ねるのは、やはり幕閣が感じている謀反の準備に違いあるまいと、右京は感じた。

奥の襖が開いて、吉右衛門が入ってくると、浪人たちは一様に礼儀正しく見た。

「皆様、今宵はわざわざのお越し、ありがとうございます」

吉右衛門は深々と頭を下げたが、それは体裁に過ぎず、明らかに浪人たちの方が従っているように見えた。

浪人たちはみな、町の南北の門と、湊近くの長屋に住んでいるという。誰とはなしに「浪人長屋」と呼んでいるらしいが、いわばそこが町の警固番になっているようだ。

「今日はひとり新しいお方が加わりました。武州浪人の松下梅之介さんです」

紹介をした吉右衛門に振られて、右京は一同に向かって、よろしくと挨拶をした。

だが、歓迎される雰囲気ではなく、正体を見破ろうとでもいうような悪意に満ちたまなざしばかりであった。

「武州の何処だ」

浪人の中から誰かが訊いた。

「滝山藩でございます。藩主・松平乗道様の御馬廻り役をしておりましたが、殿を落馬させてしまいまして、コレです」

右京は切腹をする真似をして、

「もっとも大した怪我ではなかったので、御役御免で済むかと思ったところ、家老たちにやいのやいのと突かれまして、江戸に流れ出て貧乏暮らしをしてましたが、この町の噂を聞いて参りました」

と思いつくままの身の上話をした。

「滝山藩なら、俺もそうだ」

別の男が腰を上げて、右京に声をかけた。一瞬、困った右京だが、

「郡奉行の田坂安兵衛殿はご存じか。その娘婿だ。女房と息子も一緒に藩を出たが、可哀想なことをしてしまった」

と徳馬の話と整合するように答えた。偽名を使うとはいえ、右京も名乗る藩くらい

は調べているし、大目付であるゆえ、大概の藩の藩主は当然、家老や江戸家老の名前と家系、風貌や性分くらいは頭に入れている。

　すると元滝山藩士と名乗る四十絡みの男は、沢田甚八と称してから、

「田坂様には俺も付いており、雲取山の麓にある沢地池の番小屋におった」

と言った。右京も歩いたことがある場所だったから、すぐに返答することができた。

「そこは、お殿様の鷹狩り場だ。この『竜宮町』の周辺にも色々な大名や旗本の狩り場があるが、沢地池には毎冬、見事な鶴が舞い降りてきておりましたな」

　適当に右京が話すと、相手は納得したように手を振った。その言葉を引用するように、吉右衛門が話を続けた。

「まさに、松下さんが言うとおり、『竜宮町』の周辺は将軍家はもとより、御三家、親藩、譜代大名、旗本などの御領地があって、鷹狩りなども頻繁に執り行われております」

　浪人たちを見廻しながら、吉右衛門は何らかの事態が発生したかのように、真剣なまなざしになって語った。

「もっとも天領や旗本領での鷹狩りは、相模国……なかんずく『竜宮町』を見張るためのものです。しかし、私たちは、皆様もご存じのとおり、町人が町人のために作ら

れた町ですから、お上に逆らうはずなどありませぬ。事実、過分な運上金を払っております」

　吉右衛門の訴えを、浪人たちは納得しながら聞いていた。

「ですが、いつ頃からか、ご公儀はこの町を敵視しはじめ、なんやかやと無理難題を押しつけてくるようになりました」

「無理難題とは」

　右京が訊くと、吉右衛門は本当に困っている顔になって、真剣に答えた。

「たとえば、私たちの狂歌連の集まりの制限です。たしかに狂歌は、時の政権を批判したり、豪商などの私利私欲をからかったりしますが、たわいもない庶民の楽しみです。なのに、まるで松平定信様の政に戻ったかのように、禁止を要請してくる」

「そのくらいのことで、公儀が詰め寄ってくるのか」

「その歌が評判になって、時に江戸の人々が口にすることもあるとか。それで、神経と尖らせているのだと思います」

　吉右衛門は理不尽だと首を横に振り、

「でも、最も痛いのは、湊の権益を渡せというものです」

「権益を……まさに命綱ではないか」

「はい。我が町の先祖たちが代々、培ってきたもので、私たちの生きる糧でございます。町には田畑があるわけではありませぬ。目の前には江戸湾が広がりますが、この町の者たちが漁労をしているわけではない。飲み水だって、天領や旗本領を通る川から水路を引いております。ですから、運上金を払って、町の人々の暮らしを保っております」

「そりゃ、そうだな」

右京は当然だと頷いたが、吉右衛門の表情には憂いが広がった。

「私たちは商人です。諸国から集まる物資を江戸や近隣の国々に売ることによって、生計を立てております。この町に、商人たちが買い付けに来て、それぞれの国へ運んでいきます。いわば、大きな問屋場であり、市場のような所です」

納得して頷いているのは右京だけではない。他の浪人たちも、家禄も俸禄もないから、食い扶持を得るため、この町に来ているのであろう。だから、吉右衛門の言葉には重みを感じていた。

「皆様もご存じのとおり、江戸ならば鉄砲洲とか、中川船番所などに運上金が落ちます。日に何千両という莫大な額です。それに比べれば、この町はその五十分の一、いえ、百分の一にもならないでしょう。もっとも、関わっている商人ひとりあたりに換算すれば、かなりのものになります」

「だろうな……」

「ですから、商人が商人の町たる所以(ゆえん)です。なのに、湊の利権を寄越せというのは、百姓が収穫した米の全部を、年貢として取り上げるようなものです」

吉右衛門は全身に力がこもってきたのか、顔も紅潮している。

「それでは、たまったものじゃありません。私は何度か、勘定奉行の本多主計頭様と話し合いをしました」

「勘定奉行、本多……」

思わず右京は繰り返した。意外な自分の知っている名が出てきたからだ。

もっとも、『竜宮町』を幕府の支配下に置きたがっていた当人ゆえ、会合衆肝煎りの吉右衛門と話していても不思議ではない。が、話し合いについては闇議では、充分に伝えていなかった。謀反の巣窟(そうくつ)になっていることが、主(おも)な議題にされたからだ。

「その本多様とは、どのような話を」

右京が尋ねると、吉右衛門は少し訝る目つきになって、

「幕府の勘定奉行をご存じなのか」

「名前くらいはな。俺も郡奉行配下だから、年貢の取り立ての際には、代官との折衝

に色々と苦労をした」

「さようでしたか……本多様は運上金を上げるという段の話ではなく、『竜宮町』自体を天領にするというものでした。元々は、江戸の材木商らが埋め立てたものであることを理由に、江戸の飛び地だと言い張っているのです」

「まさか受け容れたのではあるまいな」

「ご冗談を。私はキッパリと断りました。すると、こんな話を持ち出してきたのです……ここを、人足寄場にすると」

「なんと……！」

右京も初耳だが、他の浪人たちも理不尽極まりないと立腹する者ばかりだった。

人足寄場とは、松平定信が設けた罪人や虞犯者を集めて教育し直す〝自立支援施設〟である。やはり埋め立て地である、江戸石川島にあった。だが、支援とは名目だけで、実質は諸国から江戸に流れてくる無宿人を強制的に収容している所であった。

人足寄場ができる前には、無宿人を隔離するために、佐渡金山への水替え人足として送ることが、幕府の制度としてあった。労役というよりも、懲役に近い。それゆえ、きちんとした〝更正施設〟として石川島に設けたというが、実体はさほど変わらなかった。

この人足寄場が無宿人で溢れたから、予備地として『竜宮町』を利用するというのだ。その上で、無宿人を荷揚げ人足として使うという案まで差し出された。

「当然、お断りしました。そのようなことをすれば、途端にこの町の治安は悪化するでしょう。いえ、私たちは無宿人を無下に追い払うというのではありません。町の中には、物乞い同然の者もおります。そのような者たちには、情けをかけて施しをしております」

「そのようだな……俺も今日、町を巡って、〝お互い様〟の精神が当たり前のように行き届いておると感じた」

右京が言うと、吉右衛門はほんのわずかだが、信頼したような目に変わった。

「でしょ。それが商人同士、町人同士の良いところなのです……ですが、本多様は、公儀の案を受け容れないのであれば、湊の利権をそのまま渡せという。それを拒めば、人足寄場にするという……どのみち、収奪するつもりなのです。堂々巡りの末、本多様が言い出したのは……」

吉右衛門は大きな体を揺らしながら、涙声になって、

「この町にはすでに無宿人や浪人などが、何人もおる。中には咎人もおる。『竜宮町』自体を悪の巣窟と見なして、幕府は悪党狩りを断固、決行する……そう脅してきたの

です。そんな無茶な話がありますか」

と打ち震えた。

「——そこで、私たちの町を守って貰うために、皆様に集まって戴きました」

浪人たちはみな静かに聞いていた。誰も異論を唱える者はいない。むしろ、前向きに手を貸すという者ばかりだった。さっきの沢田甚八というのが立ち上がって、

「まさしく、ここは俺たちの新天地だ」

と晴れやかな声を発した。

「そうであろう、皆の衆。俺たちはいわば、公儀だの藩だのから、見捨てられた者たちだ。しかし、この町のような自由な生き様があると知った。町を潰そうと躍起になっているのは、幕府の横暴でしかない」

沢田はさらに鼓舞するように唱えた。

「俺たちが楯になって、極楽浄土のような『竜宮町』を守ってやろうじゃないか」

「おう！」

浪人たちは元より、その覚悟があって集まっているようだった。無禄になった自分たちの生き場所を、ただ探していただけかもしれぬ。しかし、幕府の理不尽さには、自分たちが受けてきた仕打ちと重ねて、怒りを覚えているに違いない。

吉右衛門は、浪人たちから思い思いの声をかけられ、男泣きをした。

「私はこの図体と顔だちから、色々と誤解をされてきました……人を脅して自分だけが儲けているとか、町を支配しているとか……ですが天地神明に誓って、私はこの町の人々のためにこの八年間働いてきました。今言ったように、幕府からの突き上げや脅しもありました……でも、生まれ育ったこの町が大好きだ。これからも子々孫々まで、『竜宮町』を守る。そのために、この命を賭ける」

圧倒するような弁舌を、右京も感銘を受けながら聞いていた。

――この男の心には嘘はない。

と感じた。

初対面のときには、たしかに自分でも言っているとおり胡散臭さが漂っていた。右京を追い返そうとしたのも、あくまでも自衛の手段だったのであろう。

「よく分かった。俺も一肌脱がして貰おう。『人生意気に感ず、功名誰か復論ぜん』という気分を久しぶりに味わった」

右京も立ち上がって、吉右衛門に言葉を投げかけると、さらに全身を震わせながら、浪人たちに感謝を述べた。浪人たちにもそれぞれの事情や、思い思いの気持ちがある。

今宵は夜が更けるまで、一致団結を誓って、酒を酌み交わし、侃々諤々の議論も交わすのであった。

だが、一同を鼓舞した沢田だけは、意外に冷静に様子を眺めていた。右京はさりげなく隣に座って、同郷のよしみだと乾杯し、

「本当の狙いはなんだ」

と訊いた。

「え……どういうことだ」

「長年、浪人をしていると気持ちが萎えてくる。自分で『意気に感ず』と言いながら、頭の中は幾ら貰えるかが気になってな」

「ふん。正直な奴だ」

「腹の底では、みんなもそうだと思うがな。もっとも、この町に嘘偽りはない。正真正銘、町人が町人のために作ってきた町だ。それを、武家が刀にものを言わせて取り上げようとしているようだが、それには与したくない」

「立派な考えだ……しかし、何をするにも〝錦の御旗〟は要る。その〝錦の御旗〟が、そろそろ現れるはずなのだがな」

「なんだ、それは」

「俺もはっきりは知らぬ。ま、楽しみはまたとして、今夜はぐいっとやろう。俺も久

しぶりに酔いたくなった」

沢田が満足そうに微笑むのを、右京は腹の読めぬ奴だと思いながらも、杯を重ねた。

まるで、祭りの宴会のように、歓喜の騒ぎの中で夜は更けていった。

湊を照らす月明かりが、海を煌めかせていたが、冷たい夜風も不気味なほど音を立てて、町中に吹き荒れていた。

第三話　江戸四宿封鎖

一

「なに、右京が浪人のふりをして……」

「さようでございます」

「何を考えておるのだ。さっさと軍勢を送り込み、会合衆を一網打尽にすればよいものを、ぐずぐずしおって」

「ですが、事と次第では、右京を浪人のまま消してしまうこともできますれば」

「おぬし、そこまで考えておるのか」

「我々にとっても、奴は目障りでございますからな。利用できるだけ利用して……さあ、黒田様、まだ酒が足りませぬぞ」

「奴らの動きはどうだ」

「加賀金沢藩江戸家老・岩永武左衛門のことでございますか」

「服部半蔵の話では、伊達、島津、毛利と足並みを揃えてるとのことだが」

「それについては、ご安心下さい。私が岩永を丸め込んでおります。いずれ吉報をお届けできるかと存じます」

「だが、油断禁物だ。かの筒井権兵衛を付け廻す、重田風太郎なる怪しげな浪人がおるとか。半蔵の手の者から鳩が届いておる。重田貞一というのが、本当の名らしいがな」

「重田貞一……どこぞで聞いたような……早速、調べてみましょう」

薄暗い行灯明かりの中で、小声を交わしていたのは、老中首座の黒田豊後守と勘定奉行の本多主計頭である。

ふたりは『竜宮町』を支配下に置く強行派で、他の幕閣は必ずしも、武力で制圧するつもりはない。それゆえ、『竜宮町』には、幕府に対して謀反を企む輩が集結しているという事実が欲しいのである。一気呵成に踏み込むことができるからだ。

「それにしても、大河内政盛の亡骸はまだ見つかっておらぬようだが、どうなっておるのだ。どうも枕を高くして眠れぬ」

黒田が話し始めたとき、本多はシッと指を立てた。階段を駆け上がってくる足音とともに、笛や太鼓の鳴り物が俄に聞こえてきた。

「お待ちどおさまです」

明るい女の声があって襖が開くと、廊下には綺麗どころの芸者が数人並んでおり、着物を端折った幇間が座っていた。

ここは向島近くを流れる、隅田川河畔にある料亭で、江戸からは少し離れている。深川の材木問屋などが使う店で、本多が面倒を見ている商人に取らせた座敷だ。もちろん、金も材木問屋持ちである。

「おやおや、暗いお部屋で殿方がふたり。なんだか、怪しゅうござんすね」

弁菊と名乗った幇間は、ひょっとこ踊りの真似をしながら、行灯の明かりを明るくしようとした。だが、本多は少し苛ついた声で、暗いままで構わぬと制した。黒田の顔をはっきりと見せない配慮だった。

「暗い方が、月や星が綺麗だからな」

本多が言い訳をすると、芸者衆の姐御格が、しなやかに膝を進めて敷居を跨ぐと深々と礼をした。一際、艶っぽい美しい顔だちに、黒田も本多も思わず目を凝らした。

「夢路と申します。お初にお目にかかりますが、宜しくお引き立てのほど、お願い致します。控えますのは、私の置屋選りすぐりの器量よしに、芸達者ばかりでございます。まずは挨拶代わりに、一節舞いたいと存じまする」

美しく着飾った芸者や半玉たちが、楚々とした動きで下座の舞台に移動すると、幇間の笛を合図に芸者衆が鼓や太鼓を叩き、三味線を奏で始めた。

歌舞伎のように賑やかで華やかな楽曲に乗って、夢路が妖艶な舞を披露し始める。芸者たちの掛け声とともに、調子の良い弾ける踊りにも変化しながら、まるで七変化のように夢路は狐の面を付けて跳んだり、老婆の面を付けてはおどろおどろしく舞ったりして、能楽めいた不思議な幽玄さもあった。

その後、他の芸者らも、端唄に合わせた俗っぽい踊りなどを披露すると、黒田と本多はひとしきり楽しんだ。芸者衆をはべらせて酒を飲んでいるうちに、酔いに任せて〝とらとら〟、〝金毘羅船々〟、〝投扇興〟など、お座敷遊びで憂さ晴らしをした。

「さあさあ、今宵はここでお泊まりなんでしょ。心ゆくまで飲んで下さいましね」

夢路が黒田に寄り添うと、まんざらでもない顔をしていたが、いきなり突き飛ばした。夢路はよろりと倒れ、

「あ、いたた……どうかなさいましたか、御前様」

と上目遣いで見た。

黒田はスッと立ち上がると、険しい顔で見下ろした。

「女……何者だ……」

そう言いながら後退り、床の間に置いている刀に手を伸ばした。

「他の者は違うようだが、夢路とやら、おまえは芸者ではない。〝くの一〟であろう。隠しても無駄だ。忍びというのは、消しても消せない匂いがあるのだ」

「御前様……私は決して……」

「儂もその昔は忍びであった。伊賀上野で修行をしたのだ。〝くの一〟なら、伊勢亀山藩というのを知っておるであろう。そこは古来、伊賀者だらけだ……おまえは儂が誰かと知って近づいてきた」

「本多様が下に置かぬ様子から、凄いご身分の方だとは分かります。でも……」

「言い訳無用」

黒田は思いの外、身軽に跳ねると刀を取って、素早く抜き払った。芸者たちは悲鳴を上げながら、廊下に転がり出た。代わりに、黒田の家来が数人、乗り込んできた。

だが、夢路だけは動かなかった。目の前に黒田の握る刀の切っ先があるからではない。仕留めてよいのかどうか、夢路には判断がつきかねていたからだ。

「どうした、女……かかって来ないのか」

「……………」

「なかなか肝の据わった女だ。どうせ、鵜飼孫六の手の者であろう。あいつは松平定信様を裏切った男だ。一度でも裏切った忍びは、二度と誰からも信じられぬ」

さらに黒田は一歩踏み出すと、家来たちも抜刀して、夢路を取り囲んだ。

「鵜飼の手の者だということは、大河内右京の指図ということだ。大目付の分際で、何故、儂らを探っておる……言え」

「探っているのではありません」

キッパリと夢路は言った。

「黒田様をお守りしているのでございます。それが右京様からの命令です」

「なんだと」

「ご老中はまだお気づきでないかもしれませぬが、獅子身中の虫がすぐ側におります」

夢路はチラリと本多に目を移しながら、

「ご明察のとおり、私は鵜飼の手の者で、あざみと申します……右京様は、ご老中の命に従い、まずは自ら『竜宮町』に潜入し、町の実態を摑みたいとのことです」

「ふむ。似た者親子よのう」

「此度の一件の裏には、何かあると右京様は睨んでおります」

「何かとはなんじゃ」

「私には分かりませぬ。ただ、ご老中がいきなり『竜宮町』を武力で制圧することには、反対のご様子です。なぜならば……」

　言葉を噛みしめるように、夢路こと、あざみは言った。

「ご老中に『竜宮町』を攻めるよう仕向ける——そのことで、もっと大きな混乱を生じさせようと、企んでいる輩がいると、右京様は睨んでいるからです」

「なんと……」

「お心当たりが、ありませぬか……直ちに一網打尽にすればよいなどと、おっしゃっておりましたが、本当にさようなことをしてよろしいのでしょうか」

「…………」

「今しばらく、右京様の報せを待ってからでも遅くはないと思います。ご老中も本心では、あの町を潰してよいとは、考えていないのではありませぬか」

　あざみが詰め寄るかのように、黒田を見上げて凝視したとき、横合いから本多が激しい声で罵倒した。

「黙れ、女！　忍びのくせにペチャクチャと。もはや誰でもよい。おまえは、この場で死んで貰う。黒田様を守るなどといい加減なことを……生かしてはおけぬ」

だが、あざみは黒田から視線を外さず、

「獅子身中の虫とは、この本多様です。それが分かりませぬか、ご老中」

「言うに事欠いて！　成敗してくれる」

本多が刀を抜こうとすると、黒田はあざみに切っ先を向けたまま、左手を挙げて制した。そして、あざみから目を離さず、

「控えろ、本多。斬るなら、儂が斬る」

と野太い声で言った。

本多は歯噛みしながらも、手出しは出来なかった。

「――あざみと申したな……覚えておこう。今日のところは、大河内家の密偵が、儂の警固をしていたということにしておく」

「黒田様、さようなことは……」

さらに苛立つ本多を、黒田は無視して、

「立ち去れ。今後は余計なことをするなと、右京に言うておけ」

と言って家来たちに通してやれと命じた。

あざみは冷や汗をかいていたが、深々と礼をして素早く立ち去った。

本多は追いかけようとしたが、黒田は止めた。

「無駄だ。それに、あの〝くの一〟には、伊賀者が張りついておる。万が一、右京の手の者でなかったとしたら、消すであろう」

「黒田様。事もあろうに、大河内が黒田様に見張りをつけるなどと、由々しきことでございまする。これは、なんとしてでも……」

「騒ぐな、本多……あの女が見張っていたのは儂ではない……おまえだ」

「えっ……」

「――ふむ。獅子身中の虫か……帰る」

冷笑を洩らした黒田は、家来たちを連れて、座敷から引き上げた。

「ご老中……」

本多は留めようとしたが無駄だった。

せっかくの宴に水を浴びせられた格好に、本多は苛々と怒りが込み上げて、高膳を蹴飛ばした。その顔は醜く歪み、鬼か夜叉の如く変貌し、喉の奥は獣のように唸っていた。

「おのれ……大河内右京め……」

障子窓の外を見やると、月明かりは消え、犬の遠吠えがあちこちで聞こえていた。

二

『竜宮町』の湊には今日も、何十隻もの船が入ってきていた。沖合に停泊している千石船からは、沢山の艀が往復している。

　幕府の決まりでは、五百石以上の船を造るのは禁止されているが、それは大名に対してである。商人たちが所有するものに関しては、法的な制限はなかった。しかも、この湊に来航する船は、まさに自由であった。

　右京は今日も、用心棒のひとりとして、町中を巡廻していたが、昼間は働く者の姿しかない。夜はそれなりの繁華な街があって、多少の憂さ晴らしはできるようだが、風紀が乱れるような場所はない。もし、女郎買いなどをしたければ、町を出て東海道の宿場にでも出かけるのだという。

　それほど町の中の風俗の取り締まりや美化を強めるのは、開闢以来の慣わしである。町人たちにはしぜんと身についていた。

　湊の前にある茶店で寛いでいると、『錦屋』佐兵衛が、番小屋から近づいてきた。

「松下の旦那は、悠長でございますな」

「む？」

「聞いてないのですか。今日はあの御仁が参ります」

「あの御仁……」

「とにかく、妙な連中がいないかどうか、ちゃんと見張りを頼みますよ。それなりのものを払っているのですからね」

「分かった分かった。人を只飯食らいのように言うな」

冗談交じりに右京は言って、少し声を落として佐兵衛に訊いた。

「〝鬼殺し伝兵衛〟の噂を耳にしたことはないか」

「なんですか、それは」

佐兵衛は知らないと首を振ったが、右京はそれも妙だなと感じて問い返した。

「警固役のおまえさんが、それも知らないのかい。江戸はもとより、関八州を荒らし廻っていたという盗賊一味だ」

「あ、ああ……それが、何か」

曖昧に佐兵衛は返事をしたが、明らかに知っている顔だった。

「実はな、日本橋の『紀ノ国屋』という両替商に盗賊が入り、金を盗んだ上、付け火をしたのだが、そいつらは『竜宮町』に逃げ込んだ節があるのだ」

「盗賊一味がここに。まさか、そんなことはありえません」

「どうしてだい」

「――どうしてって……この町にはご存じのとおり門がありますし、海の方も守りが厳しい。ご覧のとおり、石積みの防波堤もありますし、そんな輩が潜む所もありません」

「まあ、そのようだな。しかし、そいつらは十万両もの大金を盗んだのだ。隠すとしたら、それこそ大きな蔵でないと隠せまい」

　右京は団子を頰張りながら、波止場近くに並ぶ大きな石蔵を眺めて、

「あの何処かにある気がするのだが、探してみることはできるか。会合衆が立ち合えば、容易にできそうだがな」

「それは無理というものです」

「なぜだ」

「いくら会合衆とはいえ、奉行の真似事はできませんよ」

「これも警固のひとつだと思うがな。もし、〝鬼殺し伝兵衛〟が密かにこの町に隠れたとなれば、それこそ火盗改が踏み込んでくることになる。奴らに結界はない」

「いえ、それはできません」

佐兵衛は頑なに拒むように首を振った。

「蔵は、店それぞれの持ち物でございます。中を改める権限は誰にもないのです。それが、町人自治の原則でございますので」

「なんだか痒い所に手が届かぬもどかしさだな」

「しかし、盗賊の話は、次の会合衆の集まりのときに話してみます。そんな輩がもし潜んでいるとなれば、私たちの命や暮らしも脅かされることになりますからね」

「うむ。そうした方がいい」

右京は当然だと答えると、佐兵衛はしっかりと頷いてから、

「それより、松下の旦那……耳に入れておきたいことがあります」

「なんだ」

「旦那と同じ武州浪人の沢田甚八さんは、気をつけた方がよろしいですよ」

「なぜだ。もっとも俺も胡散臭いとは思っていたがな。なぜなら、そんな奴は滝山藩にはおらぬからだ」

当然、右京は元藩士に成りきるために、大方の藩士の名前くらいは頭に入れている。

「やはり、そうなのですか……いえね、ここに集まってきた浪人の多くは、あの沢田さんが江戸から連れてきたんですよ」

「ほう……」

「にも拘わらず、自分は大した侍ではないふりをしている。私は一度、見たんです。物凄い居合い術の使い手だと」

　事情は分からないが、浪人同士で揉め事があったとき、沢田が一瞬のうちに三人を斬ったというのだ。もっとも殺すほどではなく、相手の腕や膝などを打ち、それ以上逆らうと首を刎ねると脅していたらしい。

「——まことか」

「はい。ですから、旦那も気をつけなすって下さい……あ、そろそろ来たかな。あの御仁が、うはは、楽しみ楽しみ」

　佐兵衛は何故か浮かれたように、沖合に現れた船影を眺めた。

　二百石ほどの弁才船だ。この形の船は甲板の下だけではなく、胴の隙間にも高く荷を積み上げているから、横波を受ければ転覆しかねない。だが、波もない湾には優雅に入ってきていた。

　このくらいの大きさの船ならば、直に横付け出来るように、桟橋の下も深く掘られている。ゆっくりと近づいてくると、船上から舫綱が投げられ、桟橋で待っている者が船杭にしっかりと廻して結び止めた。

接岸すると、積み荷が降ろされる前に、船内の屋倉から出てきた、数人の虚無僧がまず降り立った。

それに続いて、まったく顔が見えない頰被りで、黒装束を纏った男が出てきた。

さらに、その後ろからは、編笠を小脇に抱えた浪人姿の重田風太郎が続いた。

乗客を迎える商人や湊で働いている人足たちは、それらが誰であるかを詮索するようなことはしていなかった。

だが、右京には分かっていた。

頰被りに黒装束は、筒井権兵衛であることを承知していた。もちろん、その後ろからついてくる浪人者のことも。天城峠から、鵜飼の手下たちが、矢文や伝書鳩、早馬などを幾重にも使って、右京のもとに報らせていたからだ。

「——あれは、誰なのだ」

右京はあえて訊くと、佐兵衛は微笑み返して、

「すぐに分かりますよ。さ、旦那も、こちらへ、どうぞどうぞ」

連れて行かれたのは、日除け地にしている空き地であった。

ここは『竜宮町』のど真ん中にあり、四方を見渡せる櫓が組まれてある。祭りのためのものだというが、見張り台になるであろう。『竜宮町』の東西の番小屋にも、火

の見櫓があるが、それよりも高い。

あちこちで鐘や木魚が打ち鳴らされた。町人たちの集合の合図のようだった。仕事をしている者たちも手を止めて、当然のようにあちこちから櫓に向かってきた。

虚無僧たちの姿は、いつの間にか消えていたが、風太郎は筒井と同行してきた。町の世話役たちがくると、ふたりを下にも置かぬ態度で出迎え、頰被りを櫓の階段へと導いた。

ゆっくりと登り始めた頰被りの男を、町人たちは誰だと思いながら、静かに見守っていた。やがて、櫓の見晴台に立つと、男は手をかざして四方を眺め廻してから、

「まさに絶景だなあ」

と芝居がかった声で言い、パッと頰被りを取った。

その顔を見て、町人たちは「おお」と溜息を洩らし、千両役者が舞台に登場したかのように「待ってました」とばかりに掛け声と拍手で迎えた。

「皆の衆。苦労をかけました。このとおり、筒井権兵衛は無事に、この町に舞い戻って参りました！」

諸手を挙げて挨拶をすると、人々は歓喜の声を上げて、やんやの拍手を浴びせた。

筒井は、土肥金山の坑道や洞窟の中にいたときとは違って、知的で明朗で爽やかな、

堂々たる人物にしか見えなかった。

「私が戻ったからには、『竜宮町』を公儀に手渡すようなことは絶対にしないと誓う。今、この町は見えない所で、恐ろしいことが進んでいる。幕府が私たちのこの町を壊そうとしているのです。でも、私たちはただ、自分たちの当たり前の暮らしを守りたいだけ、昔ながらの町人の町を続けたいだけなのに、どうしても潰したい奴らがいるのです」

　いきなり筒井は絶叫に近い声で、人々に向かって語りかけた。

「ならば、いっそのこと、江戸を私たち『竜宮町』のような町にしたらどうだろう。江戸には百万の人がいるが、半分は町人だ。にも拘わらず、わずか一割程度の所に、町人は押し込められている。みんなのような商人が、江戸の富を作り出し、支えているにも拘わらずにだ」

「そうだ、そうだ！　いいぞ、もっとやれ！」

　町の人々からも声が飛んでくる。

「翻って、武士はどうだ。ほんのひとにぎり、学問や医学などに秀でて世の中に貢献している者もいるが、ほとんどは何もせず、百姓から年貢という形で、大切に育てた米を奪い取り、町人からは運上金なる上前を撥ねているだけの連中だ」

さすがにこの論法には、浪人たちも苦々しい顔になっていたが、ほとんどの者はそのとおりだと納得していた。

「戦国の世ならば分からぬでもない。武士が民百姓から金を受け取って、それを刀や槍で守ることは立派な仕事だ。しかし、この泰平の世にあって、武士はろくに働きもせず、飢饉があろうが疫病が広がろうが、自分たちの俸禄だけはキチンと取り上げ、町人には禁止している贅沢三昧を夜毎、行っているのではないか。それは何のためだ。民百姓を守るためか、世の中の平穏を維持するためか……違うだろ。自分たちだけが、美味いものを食って、絹や羅紗の高い着物を身につけ、何百人も住めるような大きな屋敷に住み、御禁制の品々に埋もれて暮らしている」

筒井の声はしだいに興奮してきたが、人の憂いや不安を駆りたてるような響きになってきた。人々は静まりかえり、まるで聖人でも見上げるように真剣な目で聞いていた。

「私は三年近く、伊豆土肥金山で、水替え人足として酷使されてきた。それは、まったく人を人として扱うものではなかった……」

悔しさが蘇ったのか、心が動揺したように感極まり、声が上擦った。

「それは鉱夫に対する仕打ちも同じだ。役人たちは隷従させているとしか考えていない。牛馬よりも酷い扱いが罷り通っているのだ。まさに人を人とも思わぬ所行が、光もない真っ暗な闇の中で繰り返されている」

さらに筒井は拳を突き上げるようにして、声を強めた。

「あの金山の中こそ、この世の縮図なのだ。武士が町人や百姓を虐げ、罪もない者を罪にする法をでっち上げ、人々を現世の地獄に陥れる。そして、溺れて必死に藻掻く者たちの頭を踏みつけて、さらに沈めてしまう。それと同じ事が、江戸でも行われている……いや諸国で強制されているのだ。それでよいのか！」

聞いている町人たちの中には、目を腫らしているのもいる。集まった浪人たちですら、胸打たれて感極まっている者もいた。

右京も不思議な気持ちに囚われていた。

筒井を捕縛したのは、三年余り前のことである。

今日と同じように、熱弁を振るっていた。しかも、日本橋のど真ん中、北町奉行所のある呉服橋門外の高札場で行っていた。幕府の〝掲示板〟である高札に、筒井は、絵師に描かせた地獄絵を張り付けて、朗々と往来する人々に声をかけていた。地獄絵は、鬼の姿の武士が、逃げ惑う町人をいたぶるものであった。

仕事で忙しい人々も足を止め、筒井の弁舌に引き込まれ、やがて野次馬のように大

勢が集まり、町方同心が来て追い払う事態になるほどだった。それでも、筒井は逆に声を強めて、

「ほら、見ろ。今まさに、この地獄絵と同じように、不都合なことを言われた武士が鬼となって、町人たちを抑えつけようとしている。逆らえば小伝馬町の牢獄か石川島の人足寄場に送られる。何もしていないのにだ。ただ、こうして話をしているだけにも拘わらず、刀や槍を待ち出してくる。それでいいのか。みんな、よく考えろ——私は武士だからこそ、理不尽さが分かるのだ」

と猛然と訴えた。

だが、筒井は北町奉行所の役人に、その場で捕らえられ、奉行所に連れて行かれた。厄介なのは、そのときはまだ、加賀金沢藩の江戸上屋敷詰めの藩士だったということだ。外様とはいえ百万石の名門である。直ちに大目付の右京が老中たちから呼ばれ、事の鎮静化を託された。右京が筒井とは、学問所の学友であることも伝わっていたからだ。

右京は、北町奉行の小田切土佐守と膝を突き合わせて話し合い、金沢藩預けにすることで手を打った。右京は直に、筒井と会って説得し、江戸家老の岩永武左衛門が、大河内の屋敷に迎えに来ることでケリがついた。

ところが、その直後、筒井は脱藩したのである。

――もはや金沢藩は関わりない。武士も捨て、町人として生きる。

と決意したのだ。固い意志を貫くように、それからも御政道批判を繰り返していた、蔦屋重三郎の〝狂歌連〟にも出入りするようになり、町人たちの自治、自由、平等、自己決定のような思想を堂々と語るようになった。

影響は蔦屋に出入りする有名な浮世絵師や戯作者などにも与えることとなり、幕府から見れば、過激な表現も繰り返されるようになっていった。そうなると、町奉行所としても黙認するわけにはいかず、筒井を浪人もしくは町人として捕縛することとなったのだ。

入牢したときには、右京も友人として面会をしたが、筒井はもはや昔と違って、頑ななほどに幕政を批判した。右京は立場上ではなく、友のひとりとして警告したが、

「批判することすらいけないのか。右京は人の道を説いているだけだ。おまえもいつも、人は等しく幸せにならねばならぬと言っていたではないか。何事にも強引な親父殿のやりかたにも食らいついていたはずだ。それなのに、自分が大目付になった途端、考えも言葉もひっくり返すのか」

と筒井は猛然と〝口撃〟してきた。

しかし、右京は秩序を崩壊し、社会不安を煽るようなやり方には賛同できなかった。むしろ、筒井のような者が沢山現れて、一揆のような暴徒が増えることを危惧していたからだ。

特に、民百姓はあらぬ噂を信じて、一方に流されることが、これまでも多々あった。それが焼き討ちなどを引き起こし、関わり合いのない人々の命まで奪うことがある。そうならないようにするのは、大目付としての務めのひとつである。

むろん、筒井の考えや行いがすべて悪いわけではない。一方的に捲し立てるだけで、筋立てて話し合う機会を持とうとしない姿勢が、右京には違和感があったのである。

――なぜ、そこまで高揚するのか。どうして、民百姓を扇動するのか。

その真意をじっくりと聞いてみたいのが、右京の本音だった。

目の前の櫓の上で、大きな身振り手振りで熱心に訴えている筒井の姿は、三年前と変わってはいなかった。『竜宮町』と如何なる繫がりがあるのか、右京にはまだ知る由はないが、この町の人々が熱狂をもって支えていることは、肌身で感じていた。

筒井の天を仰ぐような姿は、燦々と輝く日の光を浴びて眩しいばかりだった。

三

その夜、筒井を歓迎する酒宴が、『三浦屋』の大広間で開かれた。

吉右衛門を中心とした、佐兵衛ら会合衆を始め数十人の町人が集まっていたが、筒井には浮かれている様子はまったくない。むしろ、険しい表情で、床の間を背にして座っていた。

傍らでは、筒井とはまったく違って、重田風太郎が寛いで杯を傾けている。

「いやあ、久しぶりの酒だ。今宵は酔いの廻りが早そうだな……」

「先生。随分と顔を見ておりませなんだが、お元気そうで何よりです」

親しげに吉右衛門が横に来て酌をすると、風太郎は逆に恐縮しながら、

「旅の途中で、バッタリ筒井さんと会いましてな。それで、私までお邪魔しました」

「とんでもない。あなたのような著名な方に来ていただき、こちらこそ嬉しゅうございます。どうぞ、ごゆっくり」

吉右衛門は立ち上がると手を叩いて、

「皆さんに、ご紹介しておきたいと思います。こちらをご覧下さい」

と言うと、風太郎は顔を隠すような仕草をしながら、よせと手を振った。

「いいじゃないですか。私も蔦屋重三郎さんの〝狂歌連〟には何度かお邪魔しました。でも、お上から酷い目に遭ったときには、力になれずに済みませんでした」

「それは俺も同じだ……」

「もし、私たちのお誘いに乗って、この町に来てくれれば、あるいは町奉行から守ることができたかもしれませんが」

「さあ、それはどうか分からぬがな」

「ああ、そう言えば、重田様も元は町方同心で、今の北町奉行・小田切土佐守が、大坂町奉行のときには、その下で務めておりましたよねえ。なのに、蔦屋一件の折は、ご尽力下さったのに、小田切奉行はけんもほろろで……」

「遠い昔の話だ。蔦屋も不遇の内になくなったが、俺にとっては大恩人だ」

「蔦屋さんがご健在ならば、あなたのご活躍をさぞや喜んでくれましたろうに……」

静まった一同を見廻した吉右衛門は、

「さあさあ、皆の衆、この御仁は誰あろう、あの『東海道中膝栗毛』で一世を風靡した、十返舎一九様でございますぞ」

と大声を発すると、来客たちは驚きと同時に、一斉に歓声と拍手を送った。

中には、すでに正体を知っている町衆もいたが、この『竜宮町』に来たことで、大いに盛り上がった。しかも、同じ〝狂歌連〟で、筒井と意気が通じていると分かると、益々、熱気に包まれた。実際は、さほど親しいわけではないのだが、吉右衛門はあえて、そう紹介した。

重田風太郎こと、本名・重田貞一は、十返舎一九という筆名で、黄表紙、洒落本、人情本、狂歌集などを次々と発表する、当代随一の戯作者であった。

大坂で、小田切土佐守に仕えていた頃から、浄瑠璃好きが高じて、役人暮らしに見切りをつけ、ある義太夫に入門し、近松与七の名で浄瑠璃を書いていたこともある。三十路を過ぎてから江戸に来て、その頃はもう日本橋通油町で有名な版元になっていた『蔦屋』に居候し、黄表紙の挿絵などを描いていた。絵筆を取っても、玄人に引けを取らぬ上手さだったからだ。挿絵はもとより、浮世絵まで描いている。

しかも、侍だったとは思えぬほど、浄瑠璃や歌舞伎、能狂言、落語などにも詳しい。武士からみたら、まさしく、

——風来坊の風太郎。

に違いなかったのであろう。

文才は『東海道中膝栗毛』で一流の戯作者として花開き、次々と作品を手がけた。

書いた側から、版元の手代が原稿を持って行くという忙しさだった。その合間を縫って、『東海道中膝栗毛』の続編とも言える道中記を書くために、房州、常陸、甲州、奥州、播州、越後、伊豆など諸国を遍歴していた。

だが、この諸国漫遊は、実は小田切土佐守の〝密命〟を受けてのことだが、そのことは誰も知らない。

風太郎はなんだかバツが悪そうに、頭を下げたが、吉右衛門に促されるままに、簡単に挨拶をした。

「私はこの町が大好きだ。以前、何日も逗留したことがあります。私も筒井殿と同じく、元は武士ですが、考えも同じで、万民は平等であり、お上からは公平な扱いを受け、己の人生を己が決められる世の中が良いと思ってます。それゆえ、あんな〝ヤジキタ〟のような自由奔放な人間を描いたのです。あんな人間らが、誰にも後ろ指さされず生きていけるのが私の望みです」

みんなは大爆笑して、また歓声と拍手の渦となった。

「先生。その思いを実践しているあなたは偉い」

「もはや侍の世の中ではない」

「異国では、自分たちの暮らしは自分たちで決めるのが当たり前だとか」

「この国を変えようではないか、ねえ先生」

あちこちから励ましや煽るような声が飛んでくるが、元来、控え目で恥ずかしがり屋なのか、重田は苦笑いをしながら、座り込んで酒を飲み続けようとした。

その時、廊下や中庭で、がやがやと騒がしい声が起こり、数人の男が乗り込んできた。いずれも商人や人足、船頭らに扮しているが、身のこなしは明らかに武士である。

「筒井権兵衛だな。かような所に逃げ込んでいたとはな」

商人に扮していた男が荒々しい声で、筒井に近づこうとした。すると、筒井の側にいた数人の会合衆や浪人らが庇うように立ち上がった。筒井もおもむろに立ち上がり、

「誰だ、おまえたちは」

「金山奉行、佐久間播磨守の手の者だ。土肥金山役人を斬り殺して逃亡をするとは、言語道断。潔くお縄を頂戴しろ」

「お縄って……おまえら町方同心か」

筒井は小馬鹿にしたように笑って、ズイと前に出た。

「たしかに田村というケチな役人は斬った。だが、それは水替え人足を虫けらのように扱い、しまいには殺したからだ」

「おまえたちが逃げようとしたためだ。逃亡した罪は重い。佐久間様はおまえに追っ

手をかけたのだ。観念せい」

「ふん。そういうことか……」

何かを察したように筒井は苦笑した。

「洞窟牢から俺を逃がしたのは、他でもない、金山奉行の佐久間自身だ」

「なんだと」

「おまえたちも承知してることじゃないのか。わざわざ逃がしておいて、捕らえにくる……俺もバカではないのでな、概ね見当はついていた。こういうことも、あろうかと……ほら、これを見てみな」

筒井は袖の中から、鍵を放り投げた。

「それは鉄格子の扉のものだ。佐久間がわざわざ訪ねて来て、置いていってくれた」

「…………」

「ここで騒動を起こし、町人を巻き込むというなら、今度こそ承知しない。おまえたちこそ、この場で返り討ちにしてやる」

意気込んだ筒井に、佐久間の手下の頭目格は、待っていたとばかりに刀を抜き払った。だが、町人たちは怯むどころか、どんな手を使ってでも抵抗すると身構えた。この町は自分たちのものだ、侍なんぞ怖くないという熱気に満ちていた。

「よう言うた。覚悟せい！」

刀を振り上げようとした頭目格だが、その腕をガッと摑む手があった。

「――たしか、佐久間播磨守の側役、岩村新蔵であったな」

腕を摑んだ相手を見た頭目格は、アッと驚いた。目の前にいるのは、浪人姿ではあるが、大目付の大河内右京だと分かったからだ。

「金山奉行の家中の者が、ここで待ち構えていたというわけか。筒井権兵衛がここに来るのを百も承知で」

その右京の姿を見て、筒井もまた凝然となったが、しばらく様子を窺っていた。

岩村が手を振り払おうとするのを、右京はぐっと握りしめて放さず、

「ここは大人しく立ち去れ。でないと、本当に袋叩きにされるぞ。どうする。無理矢理にでも、筒井を連れて行くのなら……友として俺は断固、阻止する」

友として――という言葉をあえて強調したのは、他の者たちに大目付と悟られないためだった。岩村はそれでも頑なに、自分が帯びた使命を果たしたいと思ったのか、激昂したように右京を突き放し、「死ね！」と斬りかかった。

同時に他の佐久間の手下も斬りかかったが、相手の動きを見切って素手で顔面を叩きつけて、その場に打ち倒した。

「助太刀いたそう」

重田も素早く駆け寄り、右京の背後から来る敵を柔術で投げ倒し、腕を決めるや刀を奪って組み伏した。それへ、用心棒役の浪人たちも襲いかかり、まるで集団暴行のように叩きのめした。

相手が抵抗できなくなると見るや、右京はやめろと制し、

「殺すでない。こやつらは、金山奉行・佐久間の手の者と名乗った。何故、筒井を襲ってきたのか、会合衆によって篤と調べようではないか。のう、吉右衛門殿」

と声をかけた。が、吉右衛門も驚いた様子で立ち尽くしていた。他の者たちは、すぐさま佐久間の手下たちを縛りつけた。

「この町でかような騒動が起こるとは……公儀はよほど、筒井様のことを恐れているのでございますな。そんな御仁ではないのに」

吉右衛門が辛そうな顔になると、筒井はゆっくりと右京に近づきながら、

「これは何の茶番だ、右京」

と睨みつけた。

「公儀の手先から、俺たちを助けたふりをして、何が狙いだ。いや、おまえの目的は分かっているがな」

筒井の言い草に、会合衆や町人たちはもとより、浪人たちもエッと右京を見やった。

「こいつは、幕府の大目付、大河内右京という奴だ。たしかに一緒の学問所で学んだが、断じて友ではない」

「――お、大目付……!?」

大名を視察し、事件によっては切腹を命じることもできる権力者ゆえ、町人たちは吃驚仰天し、腰を抜かす者もいた。吉右衛門も唖然となった。初めて『三浦屋』に現れたときから、只者ではないとは思っていたが、大目付とは畏れ入った。

「なあ、右京。おまえがここにいるということは、俺が『竜宮町』に現れるのを知っていたということだ。金山奉行と通じていても不思議ではないが」

「いや、それは断じて違う」

右京はキッパリと否定したが、素直に信じる筒井ではない。疑り深い目を向け、

「そうだな。おまえが、佐久間のような、こわっぱ役人を相手にするわけがない……。奴は俺のお陰で出世の道を開いたような、どうしようもないさもしい男だ」

と意味深長なことを言った。

「それは、どういうことだ」

右京が訊くのへ、筒井は苦笑を浮かべて返した。

「あいつは、本多主計頭が佐渡金山奉行だった折の代官だった。出雲崎や柏崎に集積した佐渡の金は、越前や加賀を経て京へ運ばれていた。その折、俺は金沢藩の金奉行所に詰めていたが、佐久間が金の中抜きをしていたのに気付いて、責めたことがある」

黙って聞いている右京を、筒井はじっと睨みつけたまま、

「かくも公儀役人とは、さもしいことをするものだと思ったが、泣いて頼むから俺は黙っていてやった。だが、自分が出世した途端、俺を目の敵にしてきた。古傷に触れられるのが怖いからだろう」

「ならば、伊豆の土肥金山で、おまえを殺しても不思議ではなかったはずだが」

「利用できることは利用する……それが、奴のやり方だ」

歯噛みをしながら、筒井はさらに詰め寄った。

「これで、よく分かったよ。おまえも佐久間も同じ穴の狢だからな。俺を謀反人に仕立て上げ、それを理由にして、幕府の軍勢をここに送り込んでくる目論見なのだろうが、そう思い通りにはさせぬ」

右京の表情がわずかに強張った。

「図星だな、右京」

「待て。たしかに、老中や若年寄は、この湊町の利権を欲しがっている。だが、俺は断じて、それには与(くみ)しない」

「片腹痛いことを言うな」

「本当だ。この町に来て、よく分かった。町人による町人のための町だ。江戸開闢以来、培(つちか)ってきたこの町の良さだ。このような町が、あってもよいと思うようになったのだ」

懸命に言う右京を見据えていた筒井は、苦々しく唇を歪め、

「このような町があってもよい、だと……ふざけるな。おまえなんぞに許されなくとも、この町は、この町だ」

「いや、そういう意味で言ったのではない」

「黙れ、黙れ。そうやって、武士らしく、高見から見物でもするような物腰は、やはり大目付様々だ」

「筒井……」

「言っておくがな、俺たちは、この町さえよければよい、などとは考えてはおらぬ。この国の湊町はすべて、『竜宮町』のようにする。そうしたら、色々な所と自由に交流ができ、異国とも交易ができる」

そこまで豪語する筒井に、右京は大きく頷いて、

「それもよかろう。みなが望むなら、そのような国になってもいい。だが、勘違いするなよ、筒井……おまえがやろうとしていることは、結局は武力蜂起だ。武力で世の中を変えるというなら、俺は断固、受けて立つ」

「何を証拠に、そのような……」

一瞬、気色ばむ筒井の顔を、他の町衆たちも強ばった態度で見た。筒井は一同に向かって、声を発した。

「皆の衆、こやつの出鱈目な口車に乗るんじゃないぞ。浪人のふりをして、この町に潜り込んで、俺たちを分断する気だ」

町衆たちに動揺が走った。明らかに右京のことを敵視しており、吉右衛門も騙されたと思って歯嚙みしていた。

右京はその者たち、ひとりひとりを見廻してから、筒井を睨み据えた。

「ならば、何故、鉄砲や火薬を隠し持っているのだ」

「！……」

「それだけではない。何故、〝鬼殺し伝兵衛〟のような血も涙もない盗賊を、この町で匿わねばならぬのだ」

「――何の話をしておる」

筒井は明らかに訝しんで、眉間に皺が寄ったが、右京はさらに迫った。

「惚けずともよい。この湊の沖合にある五百石船、明神丸はずっと停泊したまま動かぬ。あれはたしかに船だが、その中には武器弾薬が山積みされている」

「よくも、そんな嘘が言えるな」

「この目で確かめた。〝鬼殺し伝兵衛〟の方は未だに見つかっておらぬが、必ずこの町におると俺は睨んでいる……もしかしたら、素知らぬ顔で、この場にいるやもしれぬ」

「いい加減なことを！」

カッとなった筒井は、佐久間の手下が持っていた刀を手に取り上げて、

「右京。どこまで俺を貶めるつもりだ。大目付になって、そんなに手柄が欲しいのか」

と今にも斬りかからん勢いだった。

佐久間の手の者が押し入ってきたときよりも、緊迫した空気が広がった。右京は冷静に相手を見ており、間合いを取りながら、

「落ち着け、筒井。何をしているのか、分かっておるのか」

「貴様が、挑発するからだ」

「おまえらしくないぞ。本当のことを俺に話してくれれば、善処する」

「その押しつけがましいところが、嫌なのだ。おのれ、右京」

筒井に気迫が漲ったときである。

「加勢するぞ、筒井殿」

荒々しい声を発して、廊下に立ったのは、沢田甚八だった。右京と同藩出身と言った浪人である。右京が振り返ると、沢田は、徳馬を左腕で抱え込み、刀を喉元にあてがっている。

「父上――！」

驚いたが、冷静に睨み返す右京に、沢田は豪快に笑って、

「大目付だったとは畏れ入った。かくなる上は、このガキ共々、死んで貰いますかな。ねえ、筒井殿」

と水を向けた。

だが、筒井は驚いた顔で、不思議そうに沢田を見た。

「――誰だ、おまえは……」

「あなたに呼ばれて、謀反に加担する食い詰め浪人のひとりですよ。ええ、私の仲間

たちは、すでに結集しております。まさに好機到来。この大目付親子を殺して狼煙を上げれば、我らの願いは叶いますぞ！　江戸も町人の町にするという願いが！」

沢田が気焔を吐くと、町の用心棒である浪人たちが、「おお！」と声をあげて駆け入ってきた。その数は数十人、大広間に入りきれないほどで、中庭や渡り廊下にも陣取っていた。

「さあ、筒井殿。号令をかけて下さい。このガキの首を斬るのが先か、それとも大目付様をぶった斬るのが先か」

異様なまでに紅潮して歪む沢田の顔を、右京は冷静に睨み返していた。

四

俄に恐怖のどん底になった『三浦屋』の大広間だが、意外にも物静かだった。緊迫すれば却って、大騒ぎにならないものだ。

町人たちもそれぞれが逃げ去ったものの、離れた所から、事の成り行きを見守っていた。ただ会合衆たち十人余りは、さすがに肝が据わっているのか、右京と筒井の対立を間近で息を呑んで見ていた。

幾重にもなって、浪人たちは右京を取り囲んだ。まったく身動きできない右京に、沢田は徳馬に刀をあてがったまま、

「筒井殿。遠慮はいりませぬぞ。今こそ、積年の恨みを晴らせるときがきたのです。さあ、ご命令下さい」

「…………」

筒井は躊躇ったように身動きしない。それでも、急かすように「号令を」と繰り返す沢田に向かって、筒井は言った。

「――子供を楯に取るのは卑怯なり。放してやれ。右京とやるなら、一対一で尋常に勝負をしたい」

なぜか潔い態度に変わった筒井は、右京をじっと見据えたまま、

「誰か、右京に刀を貸してやれ」

と命じたが、浪人たちは誰も従わなかった。それどころか、逃がさないように筒井の背後に廻る者もいた。明らかに異変を感じ取った右京と筒井だが、逆らう手立てはなかった。

「さようですか。筒井殿が命じないのであれば、代わって私が命じましょう」

沢田が静かにそう言ったとき、徳馬がいきなりガッと腕を嚙んだ。

「うっ……このガキが！」

斬ろうとしたが、右京が投げた脇差しが先に沢田の肩に突き立った。一瞬、崩れた浪人たちの輪を蹴散らして、右京は我が子の体を引き寄せた。

「よくも……死ねッ」

右京に斬りかかった沢田の背後から、数人の忍びが来て、羽交い締めにすると、そのまま落として失神させた。忍びは筒井を護送した虚無僧たち、つまり伊賀者である。

他の浪人たちも斬りかかろうとしたが、忍びたちの腕前は桁違いに強く、あっという間に数人を忍び刀で斬り倒した。一瞬のうちに血の海になった座敷は、もはや修羅場と化して、とても商家には見えなかった。

「やめろ……やめてくれえ……」

吉右衛門は悲痛に叫びながら、止めようとしたが、乱暴に襲ってくる浪人の刀に腕を斬られてしまった。すぐさま、筒井は吉右衛門を庇って立ち廻り、重田も一緒になって庇った。

右京はその隙に、徳馬を裏手に押しやり、

「この先に問屋場がある。馬がおるから、それに乗って江戸まで走れ。まずは、丘の上の大河内家の狩り場へ逃げろ」

と命じた。

「大丈夫だ。お祖父様がいつも誉めてるおまえの馬術ならば、誰よりも早い。よいな、ぬかるなよ」

「はい。分かりました」

何をどう江戸に伝えるかも、心得ているような返事だった。徳馬は自ら駆け出して、問屋場の方へ向かった。もちろん、高橋と小松は随行している。

沢田があっさりと倒されたことで、浪人たちの士気も萎えたのであろうか、蜘蛛の子が散るように逃げ出した。

いつの間にか、伊賀者たちも姿を消している。その場に倒れている浪人たちは、怪我はしているものの死人はいない。だが、鮮血が飛びちった襖や天井などは、町人が見たこともないような地獄絵であった。

「――これだから、侍はいやなんだ……」

愕然と座り込んだ吉右衛門は、恐怖ではなく憤りで震えていた。

「すまぬ。俺が不注意だった」

右京が素直に謝ると、意外な目になった吉右衛門は恐縮したように、

「いいえ。あなた様のせいではありませぬ。今のやりとりで、大目付様が私たちに敵

意はないとよく分かりました。むしろ、知らぬ間に得体の知れないことが、この町で起こっていることが、やるせない」

と首を横に振った。

筒井はまだ右京を信じたわけではないが、少し話したいことがあると申し出た。離れを借りて、ふたりだけになると、筒井は幕府は何をしようとしているのか、本当のことを知りたいと尋ねた。

「すべては言えぬが……」

前置きをして右京は、話せることだけは伝えると言った。何しろ会うのは三年振り。しかも、その時も、右京に斬りかかってきた相手である。用心するに越したことはないが、同じ学問所で学んだ仲間だから、懐かしさも込み上げていた。

「老中の黒田豊後守は知っておるな」

「俺のような下っ端の侍が、会えるわけがないではないか」

「毀誉褒貶はあるが、幕政の最高位にあって天下を任せられる御仁だと、俺は思っている。此度の『竜宮町』に対する内偵は、あくまでも謀反があるか否かであって、町を潰すとか湊の利権を奪うような考えはまったくない」

「素直には信じられぬが、本気で潰す気なら、海からは船手、陸からは旗本の軍勢が押し寄せて来てもよさそうだな」

「だが……この『竜宮町』で何かが蠢いていることは、たしかだ」

右京が声をひそめると、筒井も異変を察していたのか小さく頷いた。金山奉行の佐久間がわざわざ逃がしたことも、罠だったのであろうと、改めて認識した。

「つまり、筒井……繰り返すが、おまえを謀反人の頭領に仕立て上げ、『竜宮町』をその砦であることにして、幕府は取り締まりにかかる――そのお膳立てを佐久間はしたのであろう」

「そういうことのようだな」

「言っておくが、黒田豊後守を始めとして幕閣一同には、そのつもりはない。だが、若年寄の金子日向守と勘定奉行の本多主計頭だけは妙に、『竜宮町』を目の敵にし、加賀藩のことやおまえのことも仄めかしていた」

「俺のことを……」

「金子日向守と本多主計頭は、予てより深い仲ではあるが、金子は若年寄のくせに、本多の言いなりになってる節がある。おそらく〝鼻薬〟でも嗅がされているのであろうが、湊の利権を欲しがってるのはたしかだ」

「つまり……金子日向守は本多に操られていると」

「さよう。金山奉行の佐久間を操るのと同様に、若年寄もな。本多は利用できる者は、すべて使い切るまで、やるのであろう」

金子日向守は何事にも右顧左眄して、得になる方に転がることだけを考えていると、右京は思っていた。節操がないほど目先のことばかりを見て、前言を翻していた。

「そういう輩よりも怖いのは、黙って深慮遠謀に事を進めている奴の方だ」

「誰だ、それは」

「元、おまえの上役といっていいかな」

「――まさか、岩永武左衛門様……と言いたいのか」

「今や加賀金沢藩の筆頭家老だ。幕閣とも互角に渡り合ってる。近頃は、どこの藩も公儀普請という締めつけに困ってる。自分たちの領内での飢饉や災害が増えているにも拘わらず、あれこれと要求してくるのでな」

「他人事のように言うなよ。おまえも、その一味ではないか」

筒井は苛立ちを覚えながら、右京に事の真相は何か問い質した。だが、右京もまだハッキリとは摑んでいない。ただ、金沢藩だけではない、他の大藩も動いている節があると伝えた。

「その藩とは……」

気になる筒井だが、右京はまだ探索中だと言って明らかにしなかった。

「ただ、これだけは言える。幾つかの藩の軍勢が、江戸に包囲網を敷いて、幕府を倒そうとしている気配があるのだ」

「ほう……それは、よいことではないか」

「本当にそう思うか。無辜(むこ)の民が戦(いくさ)に巻き込まれ、江戸が火の海になるかもしれぬぞ」

「江戸町人が望んでいれば、それも仕方がないのではないか」

「望んでいる……民百姓が戦を望んでいるというのか」

右京が強く言い返すと、筒井はようやく薄笑いを浮かべて、

「そうやってムキになるようになったか。昔は、俺が何を言っても、大身の旗本のお坊ちゃんらしく、おっとりと構えていたがな。それほど大目付という職に就(つ)けば、余裕がなくなるということか」

「自分のことを考えているのではない。江戸の人々を人質に取るようなことは、断じて許せぬと思っているのだ」

「断じて許せぬ、か……おまえの正義感は、嫌になるほど知ってるよ。だがな、今度ばかりは、俺にも正義がある」

筒井は真顔に戻って、真摯な目を向けた、

「江戸を本当の町人の町にする——っていう正義だ。三年前に、約束したんだよ。町年寄の〝御三家〟の当主たちとな」

御三家とは、樽屋、奈良屋、喜多村のことを指している。筒井がいつどのような話を交わしたのか、右京は知らないが、町年寄が江戸を『竜宮町』のような町にしたいと考えているとは信じがたい。

町年寄とは、今で言えば、東京都副知事のような役職で、江戸町奉行に直属しているからだ。江戸町奉行は、幕府の中心地である江戸城の周辺にある町を支配する立場だ。安寧秩序を守る立場とはいえ、昔の博多や堺のような〝自由都市〟にするはずがないからだ。

「それが本当なんだな、嘘だと思うなら、右京自身が、町年寄たちに聞いてみればいい。江戸の民はみな、自由闊達に、誰もが平等に扱われ、何でも自分で決めることを願っている」

「………」

「おまえたちのような幕府役人に支配されるのは懲り懲りだとさ」

「さあ、それは、どうかな。今でも、江戸町人は大概のことは自分たちで決めており、公儀もそれを認めている」

「その公儀から、俺がどんな目に遭ったか、やはりおまえには分かってないようだ」

また敵意を剝き出しの表情になる筒井を、右京は宥めるように、

「おまえの考え方は分かっている。万民が等しく暮らせることを願っていることもな。だが、いきなりは難しい。しかも、武力では決して実現できない」

「そうかな。俺も長崎に留学したことがある。そこで色々と蘭学も学んだ」

筒井は熱病に罹ったように言った。

「庶民が将軍を倒し、身分制や領主制を壊した国もあるそうな。この神代の国も元々は、万民が等しく暮らしていた。いびつな封建の世の中にしたのは、おまえたち武士だ」

「…………」

「俺は武士を捨て、民百姓のために闘う。江戸も諸国も身分や土地に縛られず、自由闊達に生きていける国にするためにな」

「おまえのその妄想を利用して、悪事を企んでいる者がいるのだ。目を覚ませ」

「妄想だと……？」

「そうだ。いや、いつかは、そういう世が来るかもしれぬ。だが今は、江戸の民は安

寧秩序を望んでおる。上様が優れた政をしてくれること、それが一番の望みなのだ。無用の混乱に陥れられるのを、最も忌み嫌っているのだ」

「ふん。町人の本音が分かるというのか。知ったふうな口をきいて」

筒井はさらに険悪な顔になって、

「やはり、おまえと話しても無駄だったようだな。もういい」

と立ち上がると背中を向け、

「俺は断固、闘う。それとも、ここで斬るか」

「…………」

「何のことか知らぬが、俺を利用したければ利用するがいい。いずれ、おまえとも決着をつけてやるから、覚悟しとけ。民の力は大きいぞ。津波のようにな」

言いたいことだけを吐き捨てて、筒井は振り返りもせず立ち去った。

「――いつの世も……血気盛んな連中を使って混乱させ、その隙に己が野望を叶えようとする奴がいる……それも分からぬのか」

右京は事と次第では、筒井も斬らねばなるまいなと思っていた。

ふと廊下に気配を感じた右京が振り返ると、そこには重田が立っている。困ったような顔で近づいて来ると、

「相変わらずの筒井だな……蔦屋重三郎さんが手鎖になったのも、あいつのせいなのに、自分だとはちっとも気付いていない」

と溜息(ためいき)をついた。

「おぬし、北町の小田切土佐守の下で働いていたとはな」

「昔、大坂での話ですよ」

「いや。責任感の強い小田切殿のことだ。此度の一件では、失策(しっさく)をしたと落ち込んでいるようだが、そうではあるまい」

「…………」

「当代随一の戯作者でありながら、諸国遍歴を理由に、世情を小田切殿に伝えていたのであろう。それゆえ、〝狂歌連〟の仲間からは裏切り者扱いされているのではないのか」

「裏切り者扱いなどされたことはない」

少しムキになる重田に、右京は素直に謝ってから、

「小田切殿が蟄居(ちっきょ)謹慎になったことは知っておろう」

「えっ……!?」

重田はまったく知らない様子だった。

「単に、〝鬼殺し伝兵衛〟を取り逃がしたことや『紀ノ国屋』寛右衛門(かんえもん)が自害したことの責任とは思えぬ。それほどのことが、やはり裏であるということだ」

「待ってくれ。『紀ノ国屋』とは、日本橋の両替商のことか」

「そうだが」

「寛右衛門が自害とは……何故……」

不思議そうに問いかけてくる重田に、右京が事件のあらましを話した。すると、妙に納得したような笑みを浮かべ、

「そうか……もしや、なるほど、そうかもしれぬな……」

と意味ありげに、重田は顎を手で撫(な)でた。

「何か心当たりでも」

「うむ。実は前々から、『紀ノ国屋』のことは調べていたのだ。小田切様に頼まれてな。そのことで、この『竜宮町』が浮かんでいたのだ。今一度、俺が……」

調べると重田は言うと、右京に微笑みかけて立ち去った。嵐の前の静けさのように、海風が心地(ここち)よくそよいできた。

五

翌日も、何事もなかったかのように、湊町はいつもの賑わいが続いていた。

栈橋に横付けされている船からは、人足たちが荷物を担ぎ下ろし、沖合に浮かぶ大きな船との間には、幾十艘もの艀が往復している。店の前から眺めていた『三浦屋』吉右衛門に、重田が近づいてきて声をかけた。

考え事をしていた吉右衛門は、異様なほど驚いて振り向いた。

「やはり、心配事があるのですな」

重田の問いかけに、吉右衛門は憂鬱な顔で小さく頷いた。

「大目付がこの町に来ていたというだけで、もはや異変があるに違いない。あの大河内右京という人は、信頼に足る人だ。小田切様からも、そう聞いている」

吉右衛門は目の前の湊の光景を見廻しながら、

「ご先祖様たちが築き上げてきた町が、幕府に奪われてしまうのでしょうか。私は会合衆肝煎りとして、この先、どうしてよいか悩んでいるのです」

と気弱に言うと、重田は同情の目で、

「私も力になりたい。蔦屋の〝狂歌連〟の仲間としてね」

「………」

「蔦屋重三郎さんは、吉原で生まれ育った。吉原は勘定奉行や町奉行の支配は受けていたけれど、自分たちで物事を決め、独自の暮らしをしていた。そういう気風が、蔦屋さんをして、町人たちの自主、自立、自尊を謳わせたのでしょう」

「でしょうな」

「遊郭とは違うが、この町はもっと繁栄してよい町だ。江戸の役にも立っている。私には、幕府がここを掌握しようなどと考えているとは、思えぬのです」

「そうなのですか……」

「もし、幕府側に何らかの狙いがあるとしたら、右京様からも聞いたが、この町に逃げ込んだと思われる〝鬼殺し伝兵衛〟一味を捕縛するためだと思う」

「ええ。その話は私も聞きましたが……」

どこか曖昧模糊とした吉右衛門の頷き具合を、重田は訝しみ、

「困ったことがあるのですな。遠慮なく話して下され」

と問い詰めるように言った。

「――ここでは、なんですから……」

吉右衛門は店の中ではなく、桟橋の方に誘った。手前にある小舟に乗り込むと、船頭が重田の手を取った。

「何処へ行くのです」

「沖合に停泊している、あの船です」

滑り出した小舟の舳先から、吉右衛門は海の方を指さした。ずっと泊まっている大きな弁才船である。俗に、〝千石船〟と呼ばれた弁才造りであるが、武家諸法度の決まりで、大名は一国一城や参勤交代と同様、五百石以下の持ち船と決まっている。

一本水押という長くて太い船首に、三階造りで、垣立や艫屋倉などが、その偉容を誇る。これは櫂だけではなく帆走もできるようになっており、日本の長い沿岸を走るのに適した造りであった。いわゆる菱垣廻船、樽廻船、北前船などは、この弁才船である。

近づくにつれ、その船は単なる木造船ではなく、至る所にかつての信長水軍のように、鉄板が鎧のように張り巡らされていると分かった。材木もかなりの厚板であり、一見、弁才船であったが、その構造は竜骨構造に甲板があり、三本の帆柱が折りたたまれていることが分かる。これは表車立というもので、外洋にも耐える構造だということだ。

「——なるほど……微動だにせずに停泊しているから、本物に似せた模造船かと思っていたが、優れた機能を持ち合わせた本物も本物であったか」

感心したように重田は、どんどん近づいている船体を首が折れるほど見上げた。

「まるで大砲でも隠しているようだ。もしかして、これで幕府の船と一戦交えるつもりかな、吉右衛門さん」

「まさか。逆ですよ。逃げるための船です」

「逃げる……」

「ええ。もし、幕府が私たちの町を奪い取りに来る事態になれば、町人たちも捕縛され、謀反人とか咎人として、捕らわれ者になるかもしれない。筒井様のようにね。だから、そういうことに備えて……もちろん、三万もいる町人たちみなを乗せることはできませぬが、主立った者たちが新天地を目指して行くことになっているのです」

吉右衛門が話しているうちに、弁才船に小舟が横付けされると、船頭の合図を受けて、縄梯子が船上から垂れ落ちてきた。船頭が足場を支えると、吉右衛門が先に登り、

続いて重田が縄を摑んだ。

這い上がると船上は緩やかな甲板があり、外板が異様なほど厚く、艫屋倉はちょっとした城の櫓にすら見えた。まさに海上の動く城である。船の先頭部分である根棚と

称される棚板もかなり丈夫そうだ。表からは見えないが、中棚という船底にあたる所には、槙皮をしっかりとして浸水を防いでいるようだ。

　これほどの船を動かすならば、二十数人の水主が必要なはずだが、その姿がないということは、出航はしないということだ。艫屋倉の中には、帆や碇を上げ下げする轆轤があるようで、それも閂をされたままだ。

　屋倉とはそもそも、船の梁と梁の間にある船室のことで、居室である〝挟の間〟や台所である〝世事の間〟などに分かれている。

　その奥の薄暗い一室に、怪しげな男が煙管を吸いながら座っていた。顔ははっきり見えないが、ふてぶてしい態度で、箱火鉢に煙管を打ちつける姿は苛ついており、さながらヤクザ者であった。

「——誰だい……?」

　重田が吉右衛門に訊くと、わずかに言い淀んだが、

「この町の本当の差配人でございます」

「差配人……」

「私たち会合衆の上に立つ者と申しましょうか。この町の初代の子孫でもあります」

「なるほど、『三浦屋』を裏で操っている御仁というわけか……是非にご尊顔を拝し

たいものだな。どうれ」

　近づこうとする重田に、煙管の男は渋くて野太い声で、

「何様のつもりかね、十返舎一九先生」

　と言いながら、一服吸った。

「その声は……やはり、あんただったか……自害したと聞いたが、こんなことだろう
と思ったよ、『紀ノ国屋』寛右衛門……」

　首を吊った上に焼身自殺をしたことになっている寛右衛門だと、重田は気付いた。

「おや。あまり驚かないようですな」

「金に執着しているおまえが、自分で死ぬわけがない」

「さいですか」

「『紀ノ国屋』が賊に入られ、莫大な金を盗まれた上に火を放たれた……ということ
は、大目付様から聞く前に、北町の小田切様から聞いておったのだ」

「だから、私の行方も探していたので？」

　余裕の笑みを洩らす寛右衛門の口元だけが、薄明かりに浮かんだ。

「いや、そうではない。あくまでも俺の密命は、筒井権兵衛を守ることだ……おまえ
が、こんな所に潜んでいたとは、思いもよらなかった。だが、小田切様と腐れ縁のお

まえのことだ……またぞろ、何か企んでおったか」

「さあ、どうでしょう……大坂町奉行だった頃は、小田切様には大層、お世話になりました。もちろん、重田様にも」

「皮肉か……」

「とんでもない。でも、私をお縄にできなかったからこそ、今の『竜宮町』もある」

寛右衛門はにんまりと笑いながら、ゆっくり立ち上がり、その顔を見せた。

火事の場で狼狽していたような情けない顔でも態度でもなく、どこからどう見ても、悪党にしか思えなかった。

——日本一の津なればこそ、一刻の間に五万貫目のたてり商いもあることなり。

と『日本永代蔵』にも書かれているとおり、難波津の繁栄はこの町の比ではない。その大坂で、稼ぎまくって、江戸で両替商を営み始めた頃から、重田は「怪しい」と睨んでいたのである。

「どうせ、あちこちで盗んだ金を元手に、両替商をやったのだろうが、おまえもとうとう焼きが廻ったみたいだな」

傍らで見ている吉右衛門は、ふたりが旧知であることは今、知ったばかりなので、不思議そうに見ていた。もちろん、吉右衛門は寛右衛門の正体を知っている。重田も承知の上で、話しているのであろうかと、疑念を抱いたのだ。

「むろん知っている。小田切様も……こやつが、〝鬼殺し伝兵衛〟であることもな」

重田がキッパリと言うと、寛右衛門はさらに近づきながら、

「旦那には敵いませんな。さすがは十返舎一九という当代一の戯作者になっただけのことはある。人の建前と本音、世の中の裏と表をよくご存じだ」

と酒を勧めた。が、重田は断って、

「小田切様を籠絡したのか」

そう問いかけた。

「まさか。小田切様の方から、情けをかけてくれたのですよ」

「…………」

「十万両の金が盗まれたふりをして、この船に運び込み、その上で火事にした。あらゆる証拠を消し、後腐れがないようにね。何もかも失った私は、どうせ姿を隠すつもりでした」

「だが、小田切様は、おまえを〝鬼殺し伝兵衛〟の探索に使おうとした。もちろん、おまえが〝鬼殺し伝兵衛〟と承知の上でな」

重田が睨み据えると、寛右衛門は首を傾げて、

「さあ、そこまでは、どうですか……でも、『俺は目をつむるから、自分で始末をつけろ』と言われた気がしました。でないと、小田切様も大坂町奉行の頃に遡って、あれこれと詮索されましょうからねえ」

と、ほくそ笑みながら言った。

「ですから、死んだふりをしたのですよ。私の身代わりに自害したのは、どうせ死罪になる人殺しだ。生きてたって、世間に迷惑をかけるだけの輩ですよ」

「……相変わらず、怖い奴だ」

「それはお互い様でしょう。小田切様もえらく出世なさった。重田様は役人から〝足を洗った〟はずなのに、今もまだ小田切様の手伝いとは、因果なものですな」

「俺の狙いは、町場の〝狂歌連〟による御政道批判に、お目こぼしをして貰うだけだ」

重田は当然だとばかりに言った。

「だが、おまえはなんだ。大人しく『紀ノ国屋』を営んでいればよいものを、わざわざ灰燼にしてまで、こんな狭苦しい所で隠棲しているのは、何のためだ」

「…………」

「十万両を手下に運び出させたのだろうが、こんな所にいては使い道もなかろう」

挑発するように重田が言うと、寛右衛門は酒をあおって、

「ありますよ……ええ、ありますとも。天下国家を転覆させるためにね」

「国家転覆……謀反か」

「幕府に楯突くなどという、せこい話ではありませんよ。この国の仕組みを変えるのです。ええ、筒井権兵衛が説いて廻ってたとおり、町人が〝大将〟の国にね」

「それを謀反というのだ。しかし、寛右衛門……おまえが真剣に、さようなことを考えているとは到底、思えぬ」

重田は本音を探るように詰め寄った。

「会合衆肝煎りの『三浦屋』吉右衛門を組み伏していることが、その証だ。湊町の人々が入れ札で選んだ者の上に、こっそり立っていることが、俺は気に食わぬ」

「あんたの気持ちなど、どうでもよい。俺は新しい国の将軍になる。いや、皇帝になる。そして、清国も滅ぼして俺の麾下に置き、世界中の国々を治めるのだ」

「──そこまで言うと、頭がおかしくなったとしか思えぬな。たかが盗っ人のくせに、分を弁えろ、と小田切様なら言うだろう」

「さもありなん。だが……」

寛右衛門は重田を小馬鹿にしたように笑って、

「俺が支配する世の中になれば、誰も不平不満はない。この『竜宮町』のように、まさしく誰もが幸せに暮らせる。よって、政に対する不平不満もないから、おまえが書くような戯作も無用になる。そうであろう。文句を言いたくなるお上ではないのだからな」

と言った。

もはや常軌を逸しているとしか思えぬ。筒井と同じ思いなのか、それとも〝万民平等〟という考えが、人々を御しやすいからなのか、重田は気持ち悪くなった。

「ならば、寛右衛門……俺からも一言、言うておくが、おまえやはり、誰かに利用されているだけだ。筒井や〝鬼殺し伝兵衛〟に、目を向かせておきたい誰かがいる。それだけのことだと思うがな」

「俺はあくまでも、闇の支配者だ。表で誰が為政者になろうと構わぬ」

目をカッと見開いた寛右衛門の顔は、やはり妄想に取り憑かれているとしか思えなかった。重田の背筋に冷たいものが走った。

「——隠した十万両はどうした」

と重田が訊くと、吉右衛門の方が答えた。

「ほとんどは、すでに私の手から、ある御仁に渡しております」

「ある御仁とは」

「それは言えませぬ。ただ、寛右衛門さんが言うとおり、この世の仕組みを変えるために使われることだけは、間違いありません」

落ち着いた声で吉右衛門は、重田の側に寄って、

「そこで、重田様もお誘いしたい。私たちの仲間になることを」

「俺を仲間に……」

「はい。蔦屋の〝狂歌連〟の連中も私に共鳴してくれております。何度も私たちが思い描いた理想の国を、作ろうではありませぬか。そしたら、寛右衛門さんが言うとおり、何の不平不満もなくなる。詩歌も古の貴人のように、花鳥風月や恋の歌ばかり詠んでいればいいのですから」

「まったく、おまえたちは……」

重田はさすがにゾッとしたが、吉右衛門はそのための準備は万端整っているという。もはや後戻りができないという。

「後戻りができぬとは、どういうことだ」

「言葉どおりですよ、重田様……私たちが話していることが、妄想でも夢でもないことは、すぐに分かります」

「…………」

「そしたら、あなたも私たちと行いを共にしたくなりますよ。間もなく大木戸が占拠され、江戸四宿が封鎖されます。もしかしたら、斬り合いが起こるかもしれない」

「何をしようというのだ」

「寛右衛門さんの十万両はそのために使ったのです。ここは、私たちと一緒に、高見の見物と洒落込みませぬか」

不敵な笑みを浮かべる吉右衛門と寛右衛門を、重田はしげしげと見ていた。

いずれも町人とは思えぬほど、悪辣な顔になっている。武家社会を滅ぼして、新たな利権を自分たちだけで掌握したい。そんな欲望に満ちたぎらついた目に、重田は圧倒されていた。

そんなやりとりを、〝世事の間〟の梁の上から——黒装束の早苗が窺っていた。

六

江戸四宿とは、品川宿、内藤新宿、板橋宿、千住宿を指す。それぞれ東海道、甲州街道、中山道、日光・奥州街道に繋がる、江戸日本橋から最も近い宿場町だ。

つまり、江戸への出入り口である。同時に、江戸の四方を固める防衛地としての役割もあった。旅人が激しく往来し、関八州などから物資も入ってくる。常にごった返しており、幕府から派遣された宿場役人が管理していた。

そもそも「江戸」と称される地域は、江戸城そのものと言ってよい。明暦の大火によって天守は焼失しているが、内濠の内側だけで三十万坪以上もある広大な敷地だ。外濠まで含めると百五十万坪余りある。現代の山手線内のほとんどと考えてよい。御成門、虎ノ門、溜池、赤坂、四谷、市ヶ谷、牛込、小石川、水道橋、浅草橋、両国橋、永代橋などによって囲まれた広大な城である。しかも、外濠には見附という見張り番所が三十六ヶ所もある、巨大な城なのである。その中に、わずかだが町場や寺社地もある。

内郭は常盤橋門、呉服門、鍛冶橋門、数寄屋橋門、山下門、日比谷門、外桜田門、半蔵門などで囲まれている。今の都心である。これら楼門の詰所には、鉄砲三十挺、弓十張、槍五十本が備えられ、大名や旗本が輪番で警備し、大番方や伊賀者らが常駐している。天下泰平の世の中であっても、籠城ができるくらいの警固体制が敷かれているのだ。

この情景を眺める限りにおいては、とても町人の町などとは言えず、まさに〝軍都〟と称される将軍の城である。この江戸が、大坂や博多に比類する〝商都〟であるわけがなく、ましてや『竜宮町』のような町人だけの町を築けるわけがない。

だが、江戸市中では、町人あっての武家だと考えている者も少なからずいた。ほとんどの武家は、豪商や札差などから多額の借金をしているのが実情だったからである。

これまで幾度も徳政令を出して、借金棒引きをしてきた幕府に対して、町人たちからは不信感が出ていた。一方、隅田川の氾濫や地震、火事、台風、疫痢などの災害があったときの手当ては不充分だった。庶民は喘ぎながらも自分たちで、どうにかするしかなかったのである。

百年前の宝永大地震や富士山噴火、寛保の江戸洪水などによる甚大な被害に比べれば、文化文政の世の中は災害が少ない。とはいうものの、全国を見渡せば多くの人命に関わる自然災害は後を絶たないのだ。

そんな中で、武士に頼らず、自分たちの暮らしを守り、再構築する機運があった。何もしてくれない武士ならば、不要だと感じた関八州の農民たちや大きな城下町などでは、〝自警団〟のような集まりができて、災害の予防から救援、復興に尽力していた。

江戸市中にあっても、各業種の問屋組合や町年寄、町名主や町火消らが、独自に被害を少なくしようと努力している。町奉行所はその差配をしているが、形式的なことがほとんどで、江戸町民が自ら活動していたのだ。

今般――『竜宮町』にて、改めて湧き起こった筒井権兵衛による謀反騒動に呼応するように、江戸のあちこちでも〝団扇踊り〟が湧き起こっていた。

そのことは、江戸城中でも大きな話題になっており、町人たちのまさに扇動するような所行には、業を煮やしていた。今日も集まった幕閣たちは頭を抱えており、老中首座の黒田豊後守は歯嚙みすらしていた。

「なんだ、その〝団扇踊り〟とやらは」

苛々した口振りで訊く黒田に、若年寄の金子日向守が、しきりに額の汗を拭いながら答えようとした。その横には、勘定奉行の本多主計頭も座していたが、不機嫌そうにそっぽを向いている。

「はい。〝団扇踊り〟というのは……」

金子はまた額の汗を手拭いで吸い取るようにしてから、

「団扇を両手に持って、阿波踊りのように踊りながら練り歩くことでございます」

「阿波踊り……」

「はい。三味線や太鼓、鉦鼓や篠笛などの調子の良い伴奏に合わせて、踊り手が集団となって踊り歩く、あの祭りです。『えらいやっちゃ、えらいやっちゃ、ヨイヨイヨイヨイ、踊る阿呆に見る阿呆、同じ阿呆なら踊らな損々……』というもので」

金子が扇子を広げて軽く真似てみると、黒田は苛ついて制した。

「やってみせんでもよい。で、それが、何だというのだ」

「元々は、あちこちの〝狂歌連〟や〝俳諧連〟の者たちが半ば遊びでやっていたようなのですが、町火消たちが火事の時に纏とともに使う大団扇を持ち出して……ええ、火の粉を払う大団扇です……それを先頭にして、町火消の鳶の連中が扇動して、町内会の者たちがうちで使う団扇を持って、練り歩くんです」

「何のためにだ」

「初めはただの厄除けでした。団扇にはそういう意味もありますからね。商売っけのある者はさっそく、厄払いとか鬼避けなどと銘打ったものを売ってます」

「何のためにだと訊いておる」

「ですから、それは……世情への色々な不満の憂さ晴らしでしょう。町火消いろは四十八組の連中が繰り出してくるのですから、それは豪壮で、中には町内の芸者衆らが三味太鼓で大騒ぎなんです」

「江戸市中での騒乱は御法度だ。早々に捕縛して厳罰に処するがよい。南町奉行、根岸肥前守……早速、取り組め」

黒田が向けた視線の先には、如何にも実直そうな能吏に見える根岸肥前守が控えていた。深々と顔を伏せて挨拶をしたが、意外にも言葉を濁すように、

「直ちに、兇賊扱いにはできませぬ……打ち壊しをしたり人を恫喝することもなく、憂さ晴らしに過ぎないことでありますれば」

と根岸は答えた。

「甘いな、根岸……おまえも小田切と似たりよったりだな」

「お言葉ですが、取り締まる御定法がございませぬ」

明治の世に出来た『兇徒聚衆罪』のようなものはないとはいえ、意味なく人々が集まって騒動を起こすのは厳禁で、取り締まりの対象であった。だが、此度のことは、町火消による防災のためだと、町年寄や町名主に申し出た上での挙行である。それゆえ、町奉行としても制御しかねるというのだ。

「下らぬ。阿波踊りとて、一揆に繋がる畏れがあるからと禁止されてたこともある。首謀者は獄門だ。おぬしは、ただの火の用心の練り歩きだと言いたいのだろうが、その連中のほとんどは、かの謀反人の蔦屋ら〝狂歌連〟に関わっている者たちだ」

「さようなことはありませぬ。ふつうの民でございます。殊に、近年は凶作や災害も

ありましたので、その厄除けでもあり……」

「黙らっしゃい」

　黒田は頬を引き攣らせて、根岸に向かって声を荒らげた。

「御定書第七十七条や七十八条を知らぬのか。それと同様だ。早々に始末せい」

「いえ、乱心者や酒による狼藉として扱うわけには参りませぬ。何事も起こしておらぬのに取り締まっては、それこそ祭りの類までできなくなります。たしかに徒党の禁止はありますが、それは浪人や博徒に対するものでございますれば」

「それで取り締まれ。事実、『竜宮町』では無宿者がのさばり、浪人どもが大勢集まっておるではないか」

「ですが、江戸の〝団扇踊り〟は……」

「必ず繋がっておるに違いない。誰かめぼしい者を引っ張ってきて、痛い目に遭わせれば吐くであろう」

　怒鳴り声になる黒田を見て、もはや誰も反論する者はいなかった。なぜか、本多だけがほくそ笑むように見ていたが、その真意は測りかねる顔つきだった。

　黒田は幕閣一同を見廻しながら、

「身共が最も案じておるのは、筒井権兵衛なる輩が謀反の頭領として、義民扱いされることだ。奴の考えに靡いたり加担しているのは、筒井が、かの蔦屋に繋がるからだ。幕府が痛い目に遭わせた蔦屋重三郎にな」

と言うと、それには同意する者もいた。

「他にも、十返舎一九、山東京伝や曲亭馬琴、式亭三馬らが加担しているというではないか……これは、今は亡き蔦屋の仇討ちと言っても過言ではなかろう。蔦屋とともに手鎖の刑になった者もおる。それが何よりの証だ」

「――よくご存じではないですか……〝団扇踊り〟とはなんぞやと尋ねられたので、まったく知らぬと思っておりました」

「黙れ、根岸。おまえも蟄居謹慎にされたいのか」

「それは、いささか……困ります」

「ならば、身を入れて取り組むがよい」

厳しく黒田が命じたとき、茶坊主が先触れで来た直後、右京が入ってきた。閣議のために登城すべき裃姿である。

「――大河内……」

黒田が睨みつけると、右京は下座に着いて、一同に深々と礼をしてから、

「火急に対処して貰いたいことがあります。品川宿にて異変が」

と切羽詰まった様子で申し出た。

だが、黒田は先程来からの不機嫌な態度で、

「その前に、『竜宮町』で何を探索しておったのか、一同に話して貰おうか」

「服部半蔵の手の者が、黒田様に逐一、報せていると思いますが……それよりも、鵜飼孫六の調べによりますと、品川宿のみならず、内藤新宿、板橋宿、千住宿にも異変が起きております」

「なんだ、その異変とは」

他の老中が訊くのへ、右京はすぐに頷き、

「江戸市中から〝団扇踊り〟の一団が、大木戸を越えて進み出ようとしたので、宿場役人が止めに入りました。それで、小競り合いが起き、宿場役人と町人の双方に怪我人が出たもようです」

「ま、まことか」

幕閣一同は驚きを隠せなかった。今し方、その無法性について話し合っていたからである。黒田は益々、眉間に皺を寄せたが、やはり本多は薄笑いを浮かべるだけで、関心がなさそうに見ていた。

右京は本多の透かしたような態度に気付いて、

「気になりませぬか、本多殿。江戸四宿は道中奉行、勘定奉行、町奉行が協力して治安を守っているはずですが」

と水を向けた。

本多は当然だと頷いたものの、ジロリと右京を睨みつけ、

「何が言いたいのかな。そこもとの鵜飼孫六なる者の手下である〝くの一〟は、拙者と黒田様の話し合いの席を密かに聞いており、邪魔だてしおった……そうでございましたな、黒田様」

黒田は静かに頷いたが、どうでもよいというふうに顔を背けた。

「かように……黒田様支配の伊賀者と、大河内殿支配の甲賀者が、お互いを見張り合うなどということは、幕府重職は一枚岩ではないという証左でありましょう」

不手際を責めたいのか、本多は嫌味な顔つきで黒田と右京を交互に見た。だが、右京はまったく気にせず、幕閣一同に伝えた。

「品川宿には、芝田町にある薩摩鹿児島藩島津家の下屋敷から、藩士が応援に駆けつけました。同様に、内藤新宿には麻布に下屋敷がある長門萩藩毛利家、板橋宿平尾町に下屋敷のある加賀金沢藩前田家が、そして千住宿には、南千住小塚原に屋敷がある陸奥仙台藩伊達家が藩士を送っております」

「そうなのか……？」

　茫洋とした表情で、黒田は右京を見た。それほど意外だったのである。

「黒田様は、私のことばかり服部半蔵に見張らせていて、本当に探るべき人物には手抜かりだったようですな」

「どういう意味だ」

「たかが、〝団扇踊り〟のために、薩摩、金沢、仙台、萩という大藩が動いたのですよ。今申したとおり、下屋敷はそれぞれの藩が参勤交代する折に使う街道沿いにある。つまり、江戸を警護する大門とも言える四宿を、この外様の大藩に乗っ取られたわけです」

「乗っ取る……とは、いかにも大袈裟な」

　うろたえたように黒田は他の老中や若年寄、奉行らを見廻したが、一様に「まさか」と驚いているだけであった。その中で、悠然と座っているのは、本多だけである。

「そうでござるな、本多殿」

　まるで本多が全てを承知しているような口振りで、右京は問いかけた。

「今言った大名たちは、外様の四天王と呼ばれている大藩ばかり。その大名が、江戸の護衛の要を押さえたのです。本多殿は、誰がどのようにして、この大藩が一気呵成に挙兵したのか、ご存じではありませぬか」

「挙兵とは大袈裟な」

本多はバカバカしいと吐き捨てるように言った。

「大河内殿の口振りでは、その四藩が江戸四宿を牛耳ったように聞こえるが、そもそも四宿に何かあったときには、その各藩が駆けつけることになっておる。大名火消しや定火消しと同じように、何か事があれば大名が治安に当たるのだ」

「…………」

「でござろう、ご一同。江戸城には九十二門があるが、それぞれ大名が担当している。その門に何かあり、担当大名が駆けつけたからといって、その門を占拠したなどということになろうか」

腰を浮かし、ゆっくり立ち上がった本多は睥睨するように幕閣一同を見やり、

「今し方、話し合っていたとおり、〝団扇踊り〟は度が過ぎている。それゆえ、担当大名が出向いたに過ぎぬ」

「いいえ。この間、黒田様はじめ、皆様は『竜宮町』のことばかりに気を取られていた。そう導いたのは、他ならぬ本多殿……ご貴殿ではありませぬか」

「私がなんだというのだ。聞き捨てならぬぞ、大河内殿」

　半ば立腹した本多に、右京は穏やかな目を向けて尋ねた。

「では、お尋ねいたします、本多殿……過日、品川宿外れの西岸寺にて、金沢藩江戸家老の岩永武左衛門が、他三名の頭巾の侍と会っておりました。岩永と本多殿は、佐渡金山奉行であった頃より、肝胆相照らす仲でござったな」

「知らぬ……」

「惚けても、それは通りませぬ。幾らでも証を立てることができます。こちらでは、もう伊豆土肥金山奉行の佐久間播磨守も、大目付扱いで監視を付けておりますれば」

　右京がたたみかけたが、本多はわずかに顔色が曇っただけで、仁王のように立ち尽くしたままであった。

「岩永殿が誰と会っていたのか、本多殿は気にならぬのですかな」

「…………」

「なるわけがありませぬな。すべて承知しているのですから。いや、あなたが差配したと言ってもよろしいかも」

　詰め寄る右京に、本多はあくまでも知らないと言い、

「何が狙いか知らぬが、まるで私が陰謀でも張り巡らしているような物言いですな。しかも、かような幕府の重職お歴々の前で……そこまで言うのなら、確たる証を披露

して貰いたい。私が一体何をしたのか、如何なることをしようとしているのかを」

と逆に責め立てた。

右京もおもむろに立ち上がり、本多を睨みつけ、

「望むところです。ならば直ちに、金沢藩江戸家老の岩永武左衛門を、評定所に呼びつけて尋問したいと思いますが、如何(いかが)」

「何のためにだ。加賀百万石の家老を評定にかけるのは、何故だ。その理由を言うてみて下されぬか」

「謀反の疑いです」

すぐに右京が言い返すと、さすがに幕閣たちは浮き足だった。

「なんと！　それは、あまりにも……」

無謀な話だと黒田は狼狽した。だが、右京は勝算(しょうさん)があるのか、頑として引かなかった。本多もまた、そのような疑いを蹴散らせる自信があるのか、

「よかろう……ならば、私が話をつけにいく」

と言ったが、右京は断固、言った。

「いいえ。それは大目付の仕事でありますれば、私にお任せを」

火花が飛び散るほど目と目を交わすふたりを、黒田はもとより、金子ら若年寄たち

も身震（みぶる）いしながら見ていた。

その頃、江戸四宿では、とんでもない騒動が起こっていた。品川宿と千住宿では、本陣や脇本陣、問屋場が焼き討ちされる事件が起こっていたのだ。

この日、夕刻になって雷雨が激しくなり、江戸城本丸御殿には暗雲が垂れ込めてきた。夜中には、けたたましく雷鳴が鳴り続いて、江戸のあちこちに落雷による火事も発生した。〝団扇踊り〟に出向いた町火消たちは、急遽（きゅうきょ）、持ち場に移り、四宿には大藩が派遣した兵だけが残ったのである。

江戸城は完全に、大藩の軍勢に包囲されてしまったのだった。

第四話　決戦江戸城

一

江戸城辰ノ口評定所には、神妙な面持ちで、岩永武左衛門が控えていた。

その前には、大河内右京を中心に、南町奉行の根岸肥前守、勘定奉行の本多主計頭、寺社奉行の徳増伊予守、目付の香取駿之輔の〝五手掛〟による聞き取りが執り行われている。

評定所とは、幕府の〝最高裁判所〟であり、かつ将軍や老中の諮問機関も兼ねていた。いわゆる三奉行と大目付、目付が審理をする。勘定所役人、寺社奉行家臣らが出向し、留役や調役として実務を行っていた。

月に一度の寄合式日のみ、老中と若年寄が立ち合うことになっているが、今日は臨時に開かれたため、老中首座の黒田豊後守も特別に出座していた。

　前夜の雷雨が嘘のように晴れ上がり、開け放たれた大襖から眺められる中庭には、燦々と日が射していた。

　いつも横柄で、人を見下したような態度の岩永も、さすがに幕府の評定所に呼びつけられたとあっては、緊張の面持ちだった。もっとも、岩永からすれば、

――一体、私が何をしたというのだ。

という思いがあり、悪びれた様子はなく、むしろ居直っているようにも見えた。

　そもそも評定所に掛けられる事案は、三奉行の管轄に跨るもので単独で決しがたいもの、大名や幕臣から訴訟や越訴があったもの、遠国奉行が扱う事件のうち重要なもの、幕府にとって重要な事案で諮問が必要なものなどに限られている。

　今般はまだ〝未遂〟に過ぎないが、

――謀反の疑いがある。

という幕府にとって、看過できない大きな事件との認識を、大目付が抱いたがために開かれたものだった。よって、通常の裁判のように、原告が訴えて被告が裁かれる類とは異なり、公儀からの一方的な審問となる。

　もっとも、評定所で扱う事件は、庶民が武家を訴えることはできない。万が一、そ

ういう事態が起こったときには、三奉行が裁判を行うか、でなければ領主が公儀に訴え出ることになる。

此度の一件では、右京の計らいもあって、

──『竜宮町』の会合衆肝煎りである『三浦屋』吉右衛門が申し出た。

という特例によって、本来、「幕府が及ばない地域」への裁判も含んでいる。

もっとも、御定法上、幕府が及ばない所など存在しない。大名領内は大名の規範で裁判を行い、大名同士の諍いも、当事者が解決するのが基本である。しかし、双方が譲り合わない場合は、幕府が乗り出して審判に当たる。御家騒動などでも、幕府が乗り出した例は幾らでもある。

「さて……岩永殿には、わざわざのご足労、大儀でございました」

右京が型通りの挨拶をし、評定を初めようとしたとき、平伏していた岩永の方から、まずは挨拶をしたいと申し出た。本来、この場は、一問一答が原則である。余計な感情を排するためだ。

だが、老中首座まで臨席しての特例の評定ということゆえ、黒田は許すと言った。

岩永は感謝の言葉を述べてから、おもむろに懐に差し入れていた文を出すと、

「我が藩、加賀金沢藩の藩主・前田宰相より、預かってきたものでございます」

と言ってから、朗々と読み始めた。

「この度、御公儀より、江戸家老・岩永武左衛門に詮議のため評定を受けますが……加賀百万石の名誉において、上様に対しましては、万が一にも謀反の意はないことを、ここに宣言致します」

最後に宰相の名も読み、折りたたんで差し出した。下役は三方に受け取ると、丁寧に黒田の前に運んだ。

岩永としては、機先を制したつもりであろうが、右京にはまったく堪えていない。むしろ、真相を暴くための強い意志が湧き起こってきた。ゆえに、わざと右京は、

「そこもとの聡明なご子息には、うちの徳馬が何度か怪我をさせられましたが、その恨みではございませせぬぞ」

と子供の話で和ませた。

岩永は一瞬、険悪な顔になって、

「倅のことは関わりないのでは、ありませせぬか。大目付ともあろう御仁が、この場に相応しくない話題でございまする」

と言った。

「いや、それがあるのです。徳馬も『竜宮町』におりましてな、あなたの手の者に殺

されそうになりました」

「なんだと……」

「沢田甚八という者……あなたの家来だとか……私と同じ武州浪人と名乗ってましたが、すでに捕らえているので、それは改めて吟味致しましょう」

「大河内殿。聞き捨てなりませぬぞ」

「さよう。聞き捨てになる事案ではないので、こうして評定所に出向いていただきました。前田宰相様からは、公平に宜しくとの文と承っておきましょう」

「貴様……殿を愚弄する気か……」

小さな声で言ったが、深閑とした場所柄、意外にも響き渡った。岩永はシマッタという顔になったが、右京は特段、その言葉を取り立てずに、

「前田宰相様は尊敬申し上げております。私も金沢に訪れた折も含め、何度も、お目にかかっておりますれば、ご立派な御仁でございます。尊敬致しております。その前田公は国元においでのはず。かような文は、いつ届いたのでございますか」

「これは異な事を……国元に殿がおられるからこそ、江戸家老の拙者が殿の全権を担って、幕府に対処しているのでございます。そのため、定型の文書は常に用意しております。もちろん、前段の岩永云々は私が加筆しましたが、後段の万が一にも謀反は

ないというのは、まさに定型中の定型。何か運営上、誤解があったときに、上様にお届けするものです」

当然のことだとでも言いたげに、岩永が縷々述べると、右京も真剣な顔のまま、

「分かり申した。前田公には謀反の意図など、みじんもない――と思っております。が……岩永殿、あなたは別の人間ですので、あなたにお訊きしたいことが山ほどある」

と冷静に言った。

わずかに、岩永の目が険悪に揺らいだが、じっと我慢するように、

「なんなりと、お訊き下さいませ」

と神妙に答えた。しかし、眼光の鋭さは消えることはなかった。

「まず初めに、お尋ねしたいのは、品川宿西岸寺で会った、あなたを含めて四人が一体、誰であるかです」

「西岸寺……はて、とんと覚えがありませぬが……というか、さような寺に行ったことがございませぬ」

すっ惚ける岩永を、右京はじっと見据えたまま、

「私の手の者が見ておりますす。ただ、他の三人は頭巾をしていたため、顔を確認する

ことができませなんだ」

　と迫った。だが、岩永は笑っただけで、

「これは異な事を……ここは、お白洲のように真偽を質す場と思いきや、手の者が見たなどとと、証拠にもならぬことを言われるとは、考えもしませんでした」

「手の者といっても、幕府御家人の甲賀者です。与力同心の証言は、真実だという前提で話を進めるのは当然です。お答え下され」

「ですから、さような所には行ったことがありませぬ」

「ない、と言うのですな」

「ええ。品川など我が藩邸からも遠いし、用事もありませぬ」

「嘘偽りはありませぬな」

「しつこうございますな、大河内殿は」

「これが務めなので、不愉快なことがあったのならば、ご勘弁願いたい。ですが、私だけではなく、ここには三奉行らの他に、老中首座の黒田豊後守様にも臨席賜っておりまする」

「承知しております」

「貴殿が、金沢藩主の前田公の代理であると同じく、黒田様は将軍・徳川家斉公から全権を委任されたお立場です。ここでの話が嘘ならば、黒田様はもとより、上様にも偽証をしたことになります。しかと心得て、お答え願いたい」

　右京が執拗なほど念を押すと、岩永は呆れ返った声で、

「繰り返しますが、拙者、天地神明に誓って、嘘偽りは申しておりませぬ」

と断言した。

「それがしの手の者は、西岸寺で、あなたが何方かと話し合いをした後、手下と手分けをして、頭巾をつけた人たちを尾けました」

「！……」

　わずかに岩永の目が泳いだ。しかし、思い直したように平静を装った。

「誰だか気になりませぬか」

「――さようなカマを掛けるような言い草はやめなされ。知らぬものは、知らぬ」

「では、お教え致しましょう。金色の頭巾を被っていたのは、薩摩鹿児島藩の江戸家老・喜入寿三郎殿……銀の頭巾は、陸奥仙台藩の江戸家老・大塚玄蕃殿……そして紫の頭巾は、長門萩藩の江戸家老・天野外記殿……でござった」

　右京が立て続けに言ってから、

「そして、岩永殿、あなたは黒い頭巾だった……でございますね」

「知らぬ」

首を横に振ったが、右京は構わず淡々と続けた。

「そこで、お三方を訪ねました。昨夜の激しい雷雨の中、どうしても確かめたくて、大目付の特権にて面会しました」

「…………」

「薩摩島津の喜入殿、仙台伊達の大塚殿、そして、萩毛利の天野殿のお三方とは、よく顔を合わせておりますよね。江戸家老寄合の肝煎りの岩永殿でございますから」

「もちろんだ……」

岩永が答えると、右京はしばらく黙って、ただ見つめていた。

何処かで鹿威しの音がした。評定所は、朝廷使者の公家が泊まる伝奏屋敷を使っている。辰ノ口というのは、内濠への水の落ち口があるからで、回遊式の庭園があって、そこを滝に見立てている。

「で……なんだというのです」

痺れを切らしたのか、岩永の方から声をかけてきた。右京は首を振りながら、

「御三方とも、知らぬとのことでした」

「——それみなさい」

安堵したように岩永の口元から笑みが洩れたが、右京は続けて言った。

「ですが、道悦は吐きましたよ」

「えっ……」

「知ってるのですか、道悦を……西岸寺の住職ですが」

「あ、いや……知らぬ」

「今の驚きようは明らかに知っていた顔でしたがね。やはり仏に仕える身であるから、嘘を通すことが、〝正語〟や〝正業〟に反すると思ったのかもしれませぬな」

「…………」

「僧侶全員で、読経をするのは、あなた方が密談するとき、人に聞かれないようにするための方策だとか。どうりで、私の手の者も、話の内容までは分からなかったはずだ」

　右京はさらに強く迫った。

「もちろん、道悦自身も、あなた方が何を話していたかは充分には聞こえていなかった。だが、四人が誰かは承知していた……今し方、私が述べた三人と貴殿です」

　何か反論しかけた岩永だが、下手に言うと襤褸が出ると思ったのか、押し黙った。

「西岸寺に行ったことは、認めますね」

「…………」

「道悦なんぞ、聞いたことも会ったこともない」

「そう言うと思って、この場に来て貰っております。これへ」

右京が下役に合図をすると、法衣に身を包んだ道悦が控え室から、廊下を渡って出てきた。その姿を見た岩永は苛々が募ってきたのか、腰を浮かせて、

「もうよい！」

と声を強めた。臨席している三奉行ら一同は、思わず険しい顔を岩永に向けた。

「もうよい……西岸寺に行ったのは事実だが、どうしても江戸家老の寄合の場では話せぬことがあったからだ」

「話せぬこととは」

「だから、それは言えぬ……我ら大藩には、大藩なりの悩みがある。ご一同も知ってのとおり、いずこも災害続きにも拘わらず、公儀への御手伝い普請や諸国役高金の負担が厳しいことを、話し合っていたのだ」

必死に言い訳をしようとする岩永を、黒田や根岸も不審な目で見ていた。道悦が座すると、右京は岩永の話を止めて、

「この期に及んで、みっともないですな。加賀百万石の江戸家老ともあろう御方が

……道悦和尚の話によれば、金沢、仙台、薩摩、萩の各藩から、それぞれ一万の兵を集めて、江戸四宿に配する段取りをしていたとか」

「ですから、それは……」

チラリと本多を見てから、岩永は必死に訴えた。

「ご存じのとおり、四宿に何か事があれば、我々が江戸護衛のために……」

「逆でござろう」

右京はビシッと突き刺すように言った。

「江戸を混乱に貶めるために、大藩が結束して兵を集める。そのためには、町人自治の『竜宮町』が筒井のもとで幕藩体制を批判したり、江戸町人を扇動して〝団扇踊り〟を起こさせることが必要だった。まるで一揆や打ち壊しを制圧するように見せかけて、江戸に乗り込むためにな」

「いえ、決してそのようなことは、ありませぬ。そ……そのようなことを、拙者如きができるわけがありませぬ」

狼狽しながらも懸命に岩永が否定して、黒田たちに縋るように手をついたとき、

「待たれい」

と声があって、評定所の白洲の方から、裃姿のひとりの男が現れた。奉行所と同

じように、畳敷、板縁、砂利場に、〝被告〟は身分ごとに分かれて座る。が、町人が座る砂利場に武士が来たので、評定衆は驚いて、「何者か」と制しようとした。

「場違いだが、よく顔を見てくれ。儂だ」

鷹揚に一同を見廻したのは、誰あろう、大河内政盛であった。

「あ——!?」

誰もが驚愕したのは、『竜宮町』に自ら探索に出かけ、爆死したかもしれぬという噂が広がっていたからだ。

「大河内讃岐守政盛だ……いや、この讃岐守の守名乗りも、大目付の職も息子に譲っておるから、今はただの爺イだがな。どうしても、言いたいことがあって参った」

二

あまりにも堂々としている政盛に、老中首座の黒田ですら、息を呑むほどであった。現役の頃さながらに堂々して貫禄がある。しかも奥歯が磨り減ると思えるほど、ギリギリと嚙みしめている。

「大河内政盛殿。ここは評定所なるぞ。職にある立場ならばいざ知らず、一体、誰に許しを得て参ったのだ」

黒田は威厳を保ちたいのか、険しい声をかけた。

「誰にって、上様の命令に決まってておろうが……それも知らねえのか」

かつて〝暴れ旗本〟とか〝かみなり旗本〟と呼ばれた頃のように、伝法な口調になって、黒田を睨み返した。

「——それにしても、よく生きておりましたな、あの爆破で」

「すべて、こっちが仕組んでいたことだ。敵を欺くには味方からってな。知ってたのは、上様だけ。倅も孫も、昨日までは死んだと思ってたんだろうが、涙も流してくれなかったとは、冷てえもんだな」

苦笑する政盛を、黒田は黙って見ていた。政盛から見れば、若造に過ぎないのであろう。風格が違った。

「う、上様の……」

黒田は元々は、将軍の小姓だったが、奏者番や側用人、留守居を経て、武蔵滝山藩三万三千石を賜った身の上だ。上様を引き合いに出されては引っ込むしかなかった。

退官した大目付が、将軍の隠密として密かに探索をすることも、よくあることだ。

政盛は正式な立場にないからと、あえて白洲に陣取って、一同を見上げながら、

「実は、この間……前田宰相様に、お目にかかっておった」

「えっ。宰相様に」

最も驚いたのは、岩永であった。

「さよう。おぬしのことも、たっぷりと聞いてきた」

「まさか、そのようなことが……殿は金沢においでのはず」

「いや、今は、岡崎河原町三条下る京屋敷におってな。ちょこっと会うてきた」

ちょこっとといっても、京へ往復するには最低でも二十二、三日はかかる。大坂まで船を使っても、歩くのとさして変わらない。だが、新酒番船のように、大坂と江戸とわずか二日で帆走する船もある。幕府船手組を使っても数日はかかるが、爆破事件で姿を消してからの日数を数えれば、できぬ話ではなかった。

「おぬしの屋敷に出向いたことがあったであろう、孫のことで」

「…………」

「あのときには既に先触れを出しておったのだ。甲賀者たちは一日千里を走るのでな」

それは大袈裟だが、飛脚は江戸から京まで三日で走る。

「公儀大目付からの火急の使いと知って、前田宰相はさぞや驚いたことであろう。武家諸法度を破っている疑いありと、大目付からの報せを受けたのだからな」

武家諸法度は、元和令をはじめとして、寛永令、天和令、宝永令、享保令と続くが、参勤交代や城の改築、大船建造の禁止、大名同士の婚姻や武芸奨励などについて細かく記されている。藩主の移動についての制限もあり、特に帝への謁見などは、事前に幕府に通告しておく必要がある。

「だが、此度は勝手に京屋敷に赴いておったようですな。五摂家の公家たちと会っていたように聞いておるので、そのことについて、私が直に審問致しました」

「なんの権限でじゃ……」

と言いかけた黒田は口をつぐんだ。上様直々だと聞いたばかりだからだ。むろん、大目付は職制上は上役である老中を見張る立場でもある。隠居をした身とはいえ、右京が命じたことであれば理がある。

「寛永令には、『新儀を企て徒党を結び誓約成すの儀、制禁の事』とありますな」

謀反を企んで、仲間を集めて、誓約を交わすようなことは禁止するということだ。にも拘わらず、江戸家老である岩永武左衛門には、その疑いがある。

「それは、前田宰相公のご命令やご指示によるものか……と尋ねてまいった」

「…………」

「前田公は、与り知らぬことと断じられたが、私としては些か気になることがあった。幕府に断りもなく上京し、公家と会っているということだ。祝い事というのが表向きの理由だが、ならば尚更、事前に届け出ていてよいはず」

政盛は岩永を凝視して、問い質した。

「そのことについては、おぬしに命じて、公儀に届け出たとおっしゃった。先刻……謀反の意図はないという文言の文は、上京の件で預かったものではないのか」

古来、武家の裏切りは、帝への接近から始まっているといっても過言ではない。〝錦の御旗〟が必要だからだ。

呆然としている岩永に、政盛は追及の手を緩めなかった。

「驚くことはなかろう。評定のことは、ずっと見ておった。さあ、どうじゃ。それとも、前田公が虚偽を言うたと反論するか」

責め立てられた岩永は、冷や汗を掻いていた。おそらく背中もびっしょりであろう。だが、性根が強いのか、媚びるような表情はまったく見せなかった。

「同じ寛永令には、元の主人から問題ありとされた者を家来に召し抱えてはならぬ、とある。それがもし、反逆者とか人殺しであった場合には元の主人に返すか追放すること――とある」

政盛がさらに詰め寄るように言うと、岩永は訝しんで、

「それは一体、どういう意味でしょう」

と聞き返した。

「おぬしは元々、前田家の者ではない。若年寄・金子日向守の家臣であり、そこにおられる勘定奉行・本多主計頭とも同じ釜の飯を食った仲だ。つまり、本多殿も、金子日向守の家臣であったことがある」

「……そのことは、殊更、ここでおっしゃられなくとも、公然の事実でありますれば」

岩永が答えると、本多も頷いて、

「大河内殿は何か、私どもに繋がりがあるとでも、言いたげですな」

と不愉快な口振りで言った。

「そのとおり、大いに関わりがある」

ニンマリと頷いて、政盛はさらに岩永と本多を睨み返して続けた。

「まずは、岩永殿……私は前田公より、一筆戴いて参った。おぬしを公儀預かりにするということだ」

「な、なんですと……どういうことです」

さすがに狼狽した岩永を見て、評定一座もやはり何か裏があるなと察した。右京が調べたことに対しても、知らぬ存ぜぬを通していた奴だ。やはり謀反の画策があったのではないかと、一同は勘繰っていた。

「陪臣の質人を献ずる所の者は、追放、死刑に及ぶべきときは、上意を伺うべし」

説き伏せるように、政盛は朗々と言った。

「これも武家諸法度にあるとおり、大名が罪過の疑いある家臣を幕府に預けたときは、幕府の命令に従えというのが原則。つまり、この評定所の裁決をもって、岩永殿……おぬしの罪状が決まるということだ」

敢然と言ってのけた政盛を、岩永は肩で息をし、唇を噛みながら睨みつけた。そして、苛々と膝を叩いて、

「――さっきから謀反だの何だのと、人を貶めることばかり言いおって……なんだ、この評定は。何の証拠もなく人を罪人扱いしている……でっち上げではないか」

と上擦った声ながら、怒りを発した。

幕閣の前で居直るのは、もはや切腹を覚悟ということであろう。老中首座の黒田も、関わりありと名指しされた勘定奉行の本多も、渋柿でも食べたかのように苦々しい顔をしていた。

すると、右京がわずかに膝を進めて、

「証拠なら、他にもある」

と余裕の声で言った。その堂々とした態度を見て、本多はさらに険しい顔になった。

だが、ぐっと感情を抑えている。自分との繋がりが暴かれるのではないかと、恐々としているようであった。

「岩永殿……おぬしは両替商の『紀ノ国屋』寛右衛門と仲が良いな。いや、寛右衛門をいいように使っていたらしいが」

「いや……」

「知らぬとは言わせぬ。うちで預かっている寛右衛門の息子、清吉も、おぬしがよく訪ねてきていたと話しておった。寛右衛門が〝自害〟をして死んだ後、清吉はうちで預かっているのだ」

そのことは、息子の栄之進を通じて知っていたようで、驚くことはなかった。

「親同士の上下関係が、そのまま子供たちに移るのは、よくないがな。栄之進は今でも、清吉を虐めておるようだ」

「………」

「しかし、驚いたことに、本当は立場が逆だったのだな」

「どういうことだ」

岩永がさらに苛立ちを見せると、右京は苦笑しながら、

「自分で話してみてはどうだ。ここまで前置きしてやったのだ。どうせなら、すべてを吐露してから切腹をした方がよかろう。それとも、最後の最後まで嘘を突き通して、惨めな姿を晒されるか」

と脅すように言った。

「言っている意味が、さっぱり分からぬ」

「やはり、往生際が悪いな。これでは、前田宰相公も見放すわけだ。ご一同！」

右京は立ち上がって、評定衆を見廻しながら、

「岩永殿は、事もあろうに〝鬼殺し伝兵衛〟一味と通じており、『竜宮町』を我が物にしておった。〝鬼殺し伝兵衛〟とは、すなわち『紀ノ国屋』寛右衛門だったのです」

と明言した。

凝然となる一同に、右京は、鵜飼孫六が『竜宮町』沖の弁才船を探索してきたことを、そのまま伝えた。そして、会合衆肝煎りの『三浦屋』吉右衛門ですら、籠絡されていることも話した。

「つまり岩永殿は、〝鬼殺し伝兵衛〟と結託して『竜宮町』を乗っ取り、その上で、

先程述べた四藩、前田家、伊達家、島津家、毛利家の江戸家老たちを丸め込み、海からは『竜宮町』からの船隊をもって、この江戸城を総攻撃しようと画策していたのです」

核心を突いた右京を見上げて、岩永は愕然となった。

「言い訳は無用だ、岩永……寛右衛門も今頃は、筒井権兵衛や十返舎一九こと、重田貞一が捕縛していることであろう。他にも、黒田様の手の者もおりますからな」

「…………」

「おぬしの、江戸を火の海にして、四藩で江戸を乗っ取り、徳川幕府を倒すという野望は潰えたのだ」

「――そんなことは、考えてもいない」

岩永は無念そうに床を何度も叩きながら、腹の底から唸るように言った。

「たしかに、我が藩も、他の三藩も徳川家には恨みがあるといっても過言ではない。だが、この泰平の世に、しかも名門中の名門である大藩が、騒乱を起こしてなんとしよう」

「その狙いを聞いている」

「だから、私は……さようなことは何も企てておらぬ……『紀ノ国屋』が〝鬼殺し伝兵衛〟だと？……そんなこと知りもしない……なんなのだ、それは。真の話ですか」

「この期に及んで白を切るか。寛右衛門も吉右衛門も、白状しておるぞ。おまえに、操られていた、とな」

「嘘だ……本当に私は何も知らぬ……」

真っ赤に充血してきた岩永の目には、鬼気迫るものがあった。

「たしかに私は、江戸家老寄合肝煎りとして、幕府のあり方に不満はあった。それゆえ、『竜宮町』の富を何とかしたいという思いがあったのも認める。だが、断じて、謀反などという大それた考えはない」

「…………」

「金沢もまた商人の町だ。我が領内の金石湊、大野湊、仙台藩の石巻湊、萩藩の仙崎湊、そして薩摩の川内湊や坊津は古来、廻船の立ち寄り先として栄えているが、『竜宮町』と同じような町人自治の町にできればと、私たちは話しておっただけだ」

「江戸も同じようにしたいと」

「さよう……江戸は武家の町とはいえ、半数は町人。もし、町奉行支配地だけでも、『竜宮町』のように何もかも町人が決めることができれば、もっと富を蓄えることができ、各藩との交易も盛んになる」

「湊町で上がる利益を、自分たちが得られるよう仕組もうとしていた。違うか」

右京がさらに問い質すと、岩永は苦笑して、

「そのような話ならば……勘定奉行の本多様の方が得意なのではありますまいか。なにしろ、この絵図面を描いたのは……」

「黙れ、岩永」

制するように本多は強い声で言った。

「大河内殿が言うとおり、この期に及んで、己が罪を人になすりつけるつもりか」

「――なんだと……」

目尻が引き攣った岩永は、思わず脇差しに手をかけた。同時に、評定所役人たちが一斉に立ち上がって、岩永を取り囲んだ。本多はそれを手で制しながらも、

「たしかに岩永とは若き頃、若年寄・金子日向守様の世話になっていた時期がある。だが、そこな岩永は事もあろうに、江戸屋敷の金に手を出し、追放されたのだ。そうとは知らず、金沢藩が雇ったのだろうが……おまえが江戸家老、俺が勘定奉行として相見えるとは、因果なものよな」

と感慨深げに言ったが、

「片腹痛い」

そう言ったのは、政盛であった。

「おまえたちふたりが、お互い金沢藩士と佐渡金山奉行の折に、旧知であることで散々、公儀に入るべき金を横流ししていたのは、先刻承知の助だ。そろそろ、覚悟をしたらどうでえ」

「――はい。そうです、認めます。すべて、本多様のご指示によるものです」

岩永が居直ったように述べると、本多は怯むことなく、

「私は評定所にて裁決を預かる身だ。佐渡金山奉行の職も忠実に全うした。岩永、おまえの出鱈目はすぐに、金子様も証してくれるであろう。現に、前田公もおまえの処分は公儀に委ねておる」

と毅然と言ってのけてから、右京や他の評定衆に向き直った。

「大河内殿。こやつは少なくとも、幕府が禁じている兵を集めることや、湊町の利権を掌握しようとしたことは認めておる。しかも、〝鬼殺し伝兵衛〟と結託していた疑いも濃厚であるならば、厳しく処罰すべきと存ずる」

あくまでも合議制である評定所は、全会一致を基本としていた。その後、老中や若年寄に上申され、将軍には形式的な了承を仰ぐだけである。

この場には老中首座の黒田がおり、将軍の隠密までいる。結審も同然であろう。

「相分かった。身共が上様にお伝えし、此度の指示を仰ぐ」

黒田は評定衆の意見を受け、岩永に対して切腹の命令を下した。

「なぜだ。かようなことが許されてよいのか。私はハメられたのだ。何とか言え、本多。貴様、裏切る気か。あれだけのことをしてやったのに、この仕打ちか！」

あくまでも往生際の悪い岩永は、醜いまでに罵り続けたが、役人たちに引きずられるように連れ去られた。その無様な姿を見送っていた町奉行や寺社奉行、目付らは、暗澹たる思いが過ぎったのか、誰もが沈黙したままであった。

右京も政盛と目を交わし、小さく頷き合い、此度の騒動には、一定の始末がついたと安堵していた。ただ、実際に『竜宮町』が今後、どうなるかは心配だった。

三

評定所の結審をよそに、『竜宮町』では、まだ騒動が終わっておらず、四宿にも続々と浪人が集結していた。宿場の人々は表戸を閉めきり、旅人や商人たちの往来はまったくなくなっていた。

先般の〝団扇踊り〟によって集まった集団が、町火消を除いて、ほとんどは四宿に居座っているのだ。暴徒同然に、勝手に店の食い物を食ったり酒を飲み、着物や金目のものを奪い、娘たちをからかって追いかけ廻し、たしなめる宿場役人たちは殴る蹴るの暴行を受けた。

中には江戸町人もいたが、ほとんどは関八州のあちこちから集まった無宿者と浪人たちだったのである。しかも、宿場を守る立場の金沢藩や仙台藩、薩摩藩、萩藩の藩士たちも、浪人たちと一緒になって、騒動の先陣に立っていた。

その実体を調べるために、四谷や高輪などの大木戸まで、番方を預かる旗本の家来たちが押しかけた。が、評定所で話されたとおりの状況が続いており、江戸はまさに無法者たちによって包囲されていたのである。

騒動は鎮静するどころか、ますます悪化していることに、右京は頭を痛めていた。

——岩永を早々に処分したことが、町人の自治を訴える〝改革派〟には却って、刺激を強めたようだ。

というのが、幕府内の意見であった。

このまま放置していては、幕府の威信は崩れ、なにより江戸の安寧秩序が乱れ、町人の暮らしが危ぶまれる。

右京は自ら再び、『竜宮町』に行って驚いた。

つい先日までの穏やかで明るく、活気溢れた湊町ではなくなっていた。大店の看板は傾き、表戸は外れて風に揺れ、街灯は折れ曲がり、桟橋は壊れ、倉庫は火災で焦げており、整然としていた街路には塵芥が散らばっている。まるでカマイタチでも通り過ぎたかのような凄惨さであった。

湊の沖合にあった船の数も減っており、かの〝鬼殺し伝兵衛〟が潜んでいた弁才船くらいしか残っていない。激しく往来していた艀もほとんどなくなり、湾内に転覆している小舟もある。人足たちの姿も少なくなり、浪人や無宿者、ならず者風が増えて、ぶらぶらと町の中を徘徊していた。

店舗や蔵が焼けているのは、落雷によるものだというが、右京が見て廻ってみても、明らかに付け火である所も多かった。まさに無法の町と化していた。

――一体、何があったのだ……どうしたというのだ……。

右京は、湊の真ん前の『三浦屋』を訪ねて見たが、やはり金看板は地面に落ちており、吉右衛門の姿もなかった。

どこを探しても、筒井権兵衛はいないし、重田貞一の姿もない。重田は、『三浦屋』吉右衛門とともに、『紀ノ国屋』寛右衛門こと〝鬼殺し伝兵衛〟に会った後、弁才船から降りたはずだ。そのことは、鵜飼孫六が確認している。

だが、筒井の方は『竜宮町』に来て早々に騒動があった後、自分の考えだけを右京に叩きつけたまま姿を消した。何処に行ったのか、もしかして、寛右衛門の手の者に殺されたのか、不安が増してきた。

白波が立つほどの強い海風に煽られて、土埃が舞い上がった。

美しい町並みであったときには、あまりいなかった物乞いの姿も増えている。薄汚れた着物を引きずりながら右京に近づいてくる者がいた。極楽浄土から一転して、餓鬼地獄のようである。

「――大目付様……大河内右京様……」

声をかけてきたのは、会合衆のひとり『錦屋』佐兵衛だった。

「ああ、佐兵衛さんではないか。何があったのだ。これは、一体……」

「ここにいては危ないです。こちらへ……」

佐兵衛は誘ったが、右京は警戒した。この者を信じ切ることもできないからだ。

「構わぬから、話してくれ」

「私が危ないのです」

「大丈夫だ。何かあれば、その辺りに控えている俺の手の者が守ってくれる」

「本当ですか」

「ああ、信じてくれ」

右京は、佐兵衛を傾いた店の物陰まで連れて行き、すっかり変わり果てた姿を改めて眺めた。佐兵衛も護衛役のひとりだから、それなりに武芸を鍛えていたと思うのだが、あまりの変貌ぶりだった。

「――あれから、右京様がこの町を出てすぐに、それまで真面目に働いていたほとんどの人足が急に態度が変わり始めました」

「え……？」

「猫を被っていたのです」

「どういうことだ」

佐兵衛は周りを見廻しながら、首を竦めて話した。どうやら、物乞い姿も自分であることを隠すためのようだ。

「湊で働いていた人足は、もちろん私たち会合衆が中心となって集めた者なのですが、ほとんどは『三浦屋』吉右衛門さんの手下だったのです」

「手下……言っている意味が分からぬが」

と言いかけた右京だが、鵜飼から聞いた話を思い出して、

「もしや、〝鬼殺し伝兵衛〟こと『紀ノ国屋』寛右衛門の手の者……だったのか」

「ご存じでしたか。まさか、あの『三浦屋』吉右衛門さんが、盗賊一味と結託していたとは思いませんでした」

「そうだな」

「もっとも、吉右衛門さんも何か事情があったに相違ありません。でないと、住人を裏切るようなことがあるわけがない」

「吉右衛門は今、何処に……」

右京が訊くと、佐兵衛は沖合を指さし、

「あの弁才船に潜んでいるとのことですが、はっきりとは分かりません……当たり前に商いをしていた者たちも店を捨てて、逃げました。蓄えていた金も、〝鬼殺し伝兵衛〟に奪われてしまいました」

「食い物にされたということか」

「町の商人たちの多くは、あなた様を恨んでおりました」

佐兵衛の思いがけない言葉に、右京は戸惑った。

「大目付様が浪人に扮して来ていたのは、町の内情を探るためでしょう。そのために、町の秩序が壊れてしまった」

「…………」

「この町を牽引していた筒井権兵衛様は、あのまま行方が分からず、吉右衛門と〝狂歌連〟の仲間だったはずの十返舎一九こと、重田貞一様も姿を消した……つまり、あなたが密かに捕らえたのだと思ったのです。公儀の手先ですからね」

　恨めしげに見上げる佐兵衛の目にも、怒りが淀んでいた。

「その直後ですから……俄に町中の人足たちが掌を返すように悪辣になり、用心棒たちの浪人たちも鬼畜のような振る舞いをするようになった。『時は熟した』とばかりに、乱暴狼藉を繰り広げました」

「何が狙いなのだ」

「分かりきったこと。『竜宮町』の富をすべて奪い尽くすことです。百万両が眠っていると言われる湊町だから、盗賊一味の格好の餌食だった。この町の肝煎りと盗賊が組んでいたのだから、まさに私たちは食い物にされていたというわけです」

　絶望の嘆きとしか言いようがなかった。佐兵衛は打ちひしがれて、悲しみも怒りも何処にぶつけてよいか分からなかった。

　右京は愕然と立ち尽くしていた。

　——全てが敵に筒抜けだった……ということか。

と思ったからだ。

鵜飼孫六から報せを聞いてから、右京は船手頭の向井将監と話し合いをし、『竜宮町』の弁才船を〝封殺〟するべく、船団を出す手筈になっていた。直ちに、幕府船手組は十数艘を繰り出し取り囲み、〝鬼殺し伝兵衛〟を一網打尽にするはずだった。

出向いたはずだが、船手組は軍船ではなく、今で言えば水上警察に過ぎない。よって、こちらから攻撃を仕掛けることはしない。もっとも臨検して、船荷の確認などを行うが、それも『竜宮町』所有の弁才船ということで、充分に執り行わなかったようだ。

幕府側の不手際だけが目だっている。右京は己を責めながらも、すべてが相手に筒抜けであることに、改めて疑念を抱いた。

――岩永は評定にかけた上で、切腹を命じられた。黒幕はまだいるということか。

右京は打ち震える思いがした。

たしかに、評定所において、岩永は勘定奉行・本多主計頭が関わっていることを匂わせた。それゆえ、右京は鵜飼に命じて、本多の周辺も見張らせていた。土肥金山奉行・佐久間播磨守との繋がりも疑っていたからだ。だが、右京の采配がすべて裏目に出ている。

――妙だ……。

岩永を処分することで、他の三家の江戸家老も、自分たちも謀反騒ぎに利用されていたことを知り、矛先を引っ込めた。にも拘わらず、江戸四宿には引き続き、浪人や無宿者たちが集まり、乱暴狼藉を働いている。

これに対しては、町奉行所を始め、番方を務める旗本が打ち揃って鎮静に向かっているが、未だに収拾がつかないでいた。あくまでも相手の賊どもが、前田家、伊達家、島津家、毛利家を未だに名乗っているからである。

すでに、別の大目付や目付らが、切腹をした岩永以外の四家の江戸家老を呼んで、

「暴動を起こしているのは、私たちの藩の家臣ではない」

との証言を得たものの、四家は暴徒を抑えるのは最終的には幕府の役目だと、〝宿場番〟として出向くことには慎重だった。なぜならば、兵を挙げたということで、逆に幕府からお咎めを受けることを恐れてのことだ。

それゆえ、幕命によって江戸四宿に兵を送ることはできるが、元々、幕府との約束は〝門番〟であって、浪人や無宿者を成敗することではない。かような無用の筋論を立てて、四藩は協力を拒んでいるのだ。

「いたずらに混乱を助長するだけではないか。早々に兵を挙げて、逆らう者は悉く、捕縛し処刑するべきだ」

と豪語する幕閣もいた。宿場には御定書百ヶ条による狼藉、海上の船にもそれを適用し、直ちに捕縛に向かったはずである。にも拘わらず、実際は放置されたままだ。それゆえ、この『竜宮町』も無法者に荒らされるままになっているのであろう。

右京はやはり、自分では背負いきれない何か大きな力に覆われてきていると感じていた。元々、大目付である右京に、『竜宮町』の探索や攻撃を仕向けられたこと自体が、理不尽だったのだ。

——もしかして……。

脳裏に去来する不安があったが、右京は言葉に出さなかった。そして、目の前で打ち震えている佐兵衛に向かって、

「今ひとつ、聞いておきたい」

「なんでしょう」

「この町は昔から、ならず者の類がいたってことはないのだな」

「まさか。私たちのような、ふつうの商人たちばかりでございますよ」

「佐兵衛はなぜ逃げなかったのだ」

「会合衆だからって、真っ先に狙われてこの様ですよ。でも、先祖が代々、築いてきたこの湊町から離れたくなかった……でも、もう駄目でしょうねえ」

「いや。そのようなことはあるまい。必ずや、元の町にしようではないか」

「無理ですよ……」

「俺がなんとかする。でなきゃ、俺もご先祖様に申し訳が立たぬ」

「え……？」

「この町は徳川家康が入封したときに作ったようなものだ。俺のご先祖様は、その頃から生粋の旗本だ。この町に送り込まれたのも縁というものだろう」

目の前の惨事は一時的なものだ。いわば嵐にあったようなものだ。土地がなくなったわけでも、湊が破壊されたわけでもない。江戸幕府に対して謀反を起こしたい者たちが、陸の四宿を押さえたのと同時に、海の関所ともいえる『竜宮町』に布石しただけであろうと、右京は思っていた。

「必ず、再興しようではないか、なあ佐兵衛。『三浦屋』吉右衛門だって、きっとこの町の人々の命を楯に取られて、やむにやまれず寛右衛門の言いなりになったに違いない」

「ええ、私もそう思います」

「生きてこそだ。頑張って、この町を見守っていてくれ」

右京はまるで我が町ででもあるかのように、佐兵衛を励ますのであった。

その場を離れた右京に、桟橋から近づいてきた船頭姿の鵜飼孫六が声をかけた。他にも数人、人足姿の忍びが間合いをもって取り囲むように控えている。

「――右京様。ここにいては、御身が危のうございます。まずは江戸の自邸に」

「何があるというのだ」

「服部半蔵の手の者が、御命を狙っている節があります。とにかく、私たちの言うとおりにして下さい。詳細は後ほど」

いつも冷静な鵜飼の顔は、逼迫したもので張りつめていた。この場は、右京も頷いて従うしかなかった。

四

その夜――江戸湾の沖合に、百艘余りの船団が現れたのを、湾岸に集まった江戸の人々は不気味そうに見ていた。

東は隅田川の永代橋辺りから、日本橋川の河口、佃島や石川島などを取り囲むように船が配備されている。八丁堀の沖から、南は鉄砲洲の湊近くまで、広域にわたって、舳先に篝火を焚いた船がゆっくりと迫ってきた。

海賊でも現れたかのように、江戸町人たちは大騒ぎになっていた。これまで、四宿が封鎖されたという話が広がっており、海からも敵が侵入してくるという噂が、まことしやかに囁かれていたからだ。

たしかに、闇に浮かぶ船影の群れは、ゆっくりと陸に迫ってきているようにも見える。少しずつ迫ってくると、船上にいるのであろう荒武者たちの声が大きくなってきた。

「せいや、そいや。薙ぎ倒せ、撃ち殺せ、火をかけろ、焼き尽くせ」

大合唱をしているように天に響き渡って、海面を弾いて迫ってくる。時折、銅鑼や太鼓の音に混じって、鉄砲を撃つ音が聞こえる。不気味を通り越して、恐怖すら覚えてくる。まさに海賊の集団が虎視眈々と江戸を狙ってくるように見えた。

江戸市中や沿岸、大木戸などを警戒に当たっている旗本たちは非常時ゆえ、騎馬で出向き、家来たちは鉄砲や槍、弓矢なども抱えて臨戦態勢である。

いわゆる〝番方〟という武官は、大番、書院番、新番組、小十人組、鉄砲百人組、先手方などがあった。大番は先鋒役になる武官で、大番頭を筆頭に四十八組六百人程がいたが、いずれも将軍の親衛隊である。すべて合わせても二千人程の、籠城決戦になったときの兵だ。

籠城といっても、江戸城ではなく、江戸全体を守ることだ。今まさにその状況と言ってよいが、江戸四宿に合計四万人もの浪人やならず者が集まっているとなると、武官の数では到底、及ばない。が、旗本と御家人、並びに江戸在住の大名家臣などを合わせると五十万。総動員すれば叩き潰せるであろう。

泰平の世にあって、番方というのは幕府職制の中では形骸化していた。江戸警固の鍛錬は日頃からしているとはいえ、幕府が謀反を企てた大名に向けて軍勢を送るということは、現実的でないから想定していない。万が一、そのような事態が起こったときには、その藩の周辺の藩、さらにもっと広い範囲の大名の軍勢が一斉に軍を出すことになっている。つまり、大名同士に見張らせていたのである。

当然、関東周辺の大名には早馬や早船を出して、周辺警固の名目で江戸に兵を送り出す通達をしており、江戸府内の大名や旗本も江戸四宿や海岸に兵を繰り出している。

物々しい様子に町人たちは恐々としていたが、町奉行所と町年寄らの下達により、〝戒厳令〟を敷いて、家屋敷から出ないようにしてある。それでも、江戸湾に浮かぶ船団は偉容で、見物に行く者たちもいるので、町方与力や同心は帰宅を促していた。

このような状況の中で、江戸城内も混乱が生じていた。番方以外も所定の持ち場、もしくは自邸にてイザという時の体勢を整えていた。江戸城は、大手門、下乗門、内桜田門など六大門や外郭二十六門を始め、常盤橋門、鍛冶橋門、数寄屋橋門、山下門なども閉めきり、本丸に近い大手門、平川門、和田倉門などにも番兵が物々しい数で守っていた。

本丸御殿の中奥にある将軍御座の間では、将軍家斉が神経質そうな顔で、うろうろと歩き廻っていた。

その前には、老中首座の黒田豊後守が神妙な面持ちで控えており、傍らには若年寄の金子日向守がいた。

そして今ひとり、側用人である水野忠成が険しい表情で座っていた。顔だちはおっとりとしているが、芯の強そうな眼光は、将軍に重用されているからか、自信に満ち溢れていた。

水野忠成は、旗本の次男坊に過ぎなかったが、十代将軍・家治の小納戸役や小姓などを経て、沼津藩主・水野忠友の養子となった。藩主を継いでから奏者番や寺社奉行、若年寄などを務めて後、家斉の側近中の側近と出世してきた。此度の騒動は、

――取るに足らぬこと。

と水野は思っていた。八代将軍吉宗のときの〝天一坊事件〟のように、将軍御落胤を名乗る者と浪人集団が、僧侶や学者と組んで世直しを訴えながら、幕府を脅かすも

のではないからである。

　もっとも、天一坊は、大名に取り立てられるという出鱈目を出汁に浪人を集めていた。が、此度は、万民平等を訴えたため、幕府から弾圧された筒井権兵衛という人物が中心となっている。よって、無官の浪人や無職の無宿者たちの下支えがあり、公儀に不満を持つ連中が暴徒となる危険は孕んでいた。

「上様……私の考えを申し上げて宜しいでしょうか」

　慇懃な態度で、水野は家斉に申し出た。家斉もかつてのように大奥に入り浸りで、政には無関心を装ってはいない。

　松平定信による〝寛政の改革〟は一定の評価はしているが、自分は担がれた御輿という認識でしかなかった。だが、寛政の遺臣もいなくなった今では、己が中核となって、幕政改革にも熱を入れていた。それゆえ、庶民から不満が噴出したことが、やるせなかったのだ。

「申してみよ。忠成も一国の大名、かような暴動が城下で起きたとしたら、如何に対処するのか聞いてみたい」

　一国の大名ならば、黒田も金子もそうだが、旗本から成り上がったことを、家斉はあえて誉めたかったのかもしれぬ。黒田も金子も似たような境遇ではあるが、殊更、水野忠成を持ち上げたのは、腹心であることを改めて強調したかったのであろう。

「私は今般の事件は、誰かが仕組んだことと思っております。ゆえに、必要以上に煽ることはなく、放置しておけば、そのうち鎮静すると考えます」

「誰か、とは誰のことじゃ」

家斉が訊き返すと、水野は当然のように、すぐさま答えた。

「前田、伊達、島津、毛利の四家でございます」

「なんと……」

評定所で加賀金沢藩江戸家老が処分されたことは、家斉も耳にしていた。だが、藩主は知らぬ間に、江戸家老らが勝手にやらかしたことだと判断していた。

「そうではない、というのか。大河内政盛の話では、前田宰相は知らぬとのことだが」

「たかが江戸家老が呼びかけただけで、あれだけの人数が集まりましょうや。浪人や無宿者の類とはいえ、中にはきちんとした家中の者たちもおります」

「もし、かような大大名が結束したとなれば、おまえが取るに足らぬというのとは、相容(あいい)れぬではないか」

不安に駆られたように家斉が言うと、水野は冷静沈着な顔で、

「ですから、誰かが仕組んだこと……と申し上げたのです。本気で幕府を倒そうとか、上様の御命を狙うとかではなく、騒動を起こして何か要求をしたいのでしょう」

「その要求とはなんだ」

問い返すだけの家斉を、黒田と金子は心配そうに見ていた。水野に思い通りに操られているように感じられたからである。将軍が自ら考えることを止めれば、それこそ御輿に過ぎなくなることを懸念してのことだ。

「浪人は仕官口を、無宿者には奉公先を……それが一番かと思います。ですから、四宿に集結した者たちを、武力で倒したり排除するのではなく、糊口を凌ぐ手立てを講じてやれば、潮が引くように立ち去ると思います」

水野が意見を述べると、家斉は唸って聞いていたが、黒田が横合いから口を挟んだ。

「では、水野殿は、かような乱暴狼藉を働いた者たちに屈せよと申すのか」

「そのようなことは言うておりません」

「事実、宿場は荒らされ、『竜宮町』も踏みにじられ、水軍もどきの船団を組んで、江戸湾に陣取っている。これでは、上様の喉元に刃を突きつけられているのも同然。それで、相手の言いなりになっては、武門の一分が通りますまい」

熱弁を振るったが、水野は冷ややかに言い返した。

「上様の喉元に刃が突きつけられた……もし、そうだとしたら、私は相手の要求に従います。上様の御命を救うのが一番ですから」

「そ、それは……私も同じだ」

「武門の意地とやらで、敵を刺激して、取り返しのつかぬ事態だけは避けるべきかと存じまする」

「むろんだ。だからこそ、敵の出方をしかと見極めたい。水野殿が言うように、仕官口や奉公先が欲しくてやっているとは限らぬ。別の狙いがあるとすれば、それこそ手遅れになるやもしれぬぞ」

　黒田が強く言い返すと、金子も同意するように頷き、

「拙者もそう思います。町人が気紛れで騒ぎを起こしたのとは訳が違う。江戸を取り囲む砦を占拠し、武力で攻撃する意図を明らかにしております」

　と家斉を見上げた。

「幕府は威厳をもって、対処すべきだと存じます」

　金子の強い言葉に、家斉は唇を一文字に結んで、三人を見廻した。

「威厳か……その徳川の威厳が落ちたからこそ、かような事態が生じたのではないか……余は、将軍の威厳などどうでもよい」

征夷大将軍らしからぬ意外な発言に、黒田と金子はエッと目を見合わせた。

「上様。さようなことを、おっしゃっては……」

黒田が不思議そうに見るのへ、家斉は真顔で言った。

「それよりも、民百姓が無事に暮らせる国にせねばなるまい。余が将軍になったことで、民百姓が塗炭の苦しみに喘いでいるのであれば、その苦悩を取り払ってやるのが、為政者の務めじゃ」

「お、おっしゃるとおりでございまするが……」

「農民からは国役金、町人からは御用金、諸大名からは御手伝普請の賦課などの不満が湧き起こっているのであろう。それを軽減し、民百姓が恙なく幸せに生きていけることが、余の喜びでもあるのじゃ。みなで知恵を出し合って、鉄砲や槍ではない方法で、不満を露わにしている者たちに対処するがよい。三人寄れば文殊の知恵。頼んだぞ」

家斉はそう言うと立ち上がって、奥の居室に引っ込んだ。

しばらく黒田も金子も黙っていた。その顔を、水野はしげしげと見つめながら、

「なにか、ご不満でも」

「いや……上様があのようなお気持ちであるとは、思うてもみなかった」

思わず黒田が返答すると、水野はニコリともせずに、

「では、どういうお気持ちだったと」

「あ、いえ。私たちも鋭意、怪我人を出さぬよう対策を立てたいと存じます」

黒田は自分の方が立場が上なのに、相手が将軍側用人だからか、遠慮がちに言った。

すると、水野は威厳をもった口調で、

「そう思うのならば、黒田様、金子様、お二方とも自ら、身を引けば如何でしょうか」

「――なんと……なんと申した」

金子が横から身を乗り出すように訊いた。

「今、申し上げたとおりでございます。上様がおっしゃりたかったのは、あなた方さえいなくなれば、万事、うまくいき、此度の騒乱も収まると見越してのことでございましょう」

「ど、どういう意味だ……」

「そこまで、私に言わせますか。武士の情けを示したつもりですが」

たじろがない水野の目力に、黒田と金子は身を仰け反らしそうになったほどだ。

四十過ぎたばかりの働き盛りの水野には、野心も見え隠れしていた。まだ十余年後

のことであるが、老中首座になる男である。胆力も強そうだった。

だが、黒田も金子も却って依怙地になって、怒りを込めて反論した。

「おぬしは上様の側用人だが、幕府の人事権は一切ない。勘違いをするでない。上様直々に言われたのならば考えるが、それとて絶対ではないのだぞ」

「…………」

「御公儀は、法によって営まれておるゆえ、誰かひとりのご存念で事が運ぶわけではない。殊に人事に関しては、奥右筆が権限を有する。側用人ではない」

「承知しております。それゆえ、自ら進退を……と申し上げました。お聞き届け下さらなかった場合は、その旨、上様に申し伝え、正式に奥右筆から沙汰を待っていただくことになろうかと存じます。では、これにて」

水野は深々と頭を下げてから、御座の間から立ち去ろうとした。それに、黒田は思わず声をかけた。

「おぬし……何処まで知っておる」

廊下で立ち止まって振り返った水野は、小首を傾げて、

「何を、でございましょう」

「こっちは、服部半蔵も動いている。こやつは只の伊賀者の頭領ではない。御家門桑

名藩の家老の身にある者で……」

「分かっております。それより、御身に尋ねてみて下さいませ」

水野はそれだけ言うと、背中を向けて障子戸の向こうに姿を消した。

「――くそ忌々しい……なんだ、あいつは、まったく……」

吐き捨てたとき、人の気配に気がついた。黒田が立ち上がって襖を開けると、そこには大河内政盛が座っていた。

「おまえ……いつから、そこにいる」

「上様の命令で、ずっと控えておりました。どうやら思案のしどころですなあ」

政盛はふざけたような口調で、黒田と金子を見上げて、困ったような仕草をした。

ふたりは、どうしたものかと考えるのではなく、すでに何かを決心したかのように、足を踏み鳴らしながら廊下を立ち去った。

「さても、さても……いつの世も社稷の臣はおらぬものじゃな……儂もバカの相手ばかりじゃ、疲れたわい」

ひとりぼやいて、苦笑する政盛であった。

五

学問所からの帰り道、急ぎ足の栄之進に小石が飛んできて頭に当たった。俄に額から血が滲んだが、ぐっと我慢して、そのまま立ち去ろうとした。

その前に数人の武家の子供らが立ちはだかった。いずれも険悪な表情で、腰の脇差しに手をあてがいながら、

「逃げるか、卑怯者。父親と同じだな」

武家の子供の頭目格がからかった。つい先日までは、栄之進がこの子供らの大将だった。だが、父親の岩永武左衛門が評定にかけられ、盗賊の〝鬼殺し伝兵衛〟と通じた上で、『竜宮町』を乗っ取ろうとしたことや四宿に浪人たちを集めて騒動を起こした張本人として、切腹させられたことを責め立てた。

栄之進にはもはや気丈に跳ね返す意志もなく、ただ呆然と立ち尽くしていた。

「よくも塾に通って来られるな。罪人の子は罪人らしく、父親を追って切腹しろ。さあ、さあ、切腹してみせろ」

などと武家の子供らはからかっていた。

　そこへ、徳馬が近づいてきて、「やめろ」と声をかけた。

「栄之進が悪いわけではない。罪を犯したのは父親ではないか」

「父の罪は子の罪だ」

　子供ひとりが囃し立てるように言った。

「親と子は別の人間だ。それに、おまえたちは、ついこの前まで栄之進に媚びへつらっていたではないか。そして、一緒になって清吉のことを虐めていた」

　清吉はもちろん、父親の寛右衛門が〝鬼殺し伝兵衛〟だとは知らされていない。探索側が隠しているので、読売でも暴露されていない。右京や政盛は知っているが、清吉には黙っていた。極悪人が父親だということを知らされては、あまりにも残酷だからだ。奇しくも、ふたりの親は結託していたということだ。

「あれほど栄之進を頼りにしていたくせに、掌返しとは恥ずかしくないのか」

「こいつと友だちであることの方が恥ずかしい。明日から学問所に来るんじゃない」

　子供らは小馬鹿にしたように、また道端の小石を拾っては投げた。

「よせ。やめろ」

　徳馬が庇うように立つと、その顔にも小石が飛んできた。途端、栄之進が敢然と悪ガキたちに向かっていき、脇差しを抜き払った。今にも斬りかかろうとしたとき、辻番の番人が「こらあ」と叫びながら駆けつけて来た。

栄之進は刀身を鞘に戻すと、徳馬を振り返り、

「俺の父は、おまえの父上らに責め立てられた」

「………」

「でも、恨んではいない。悪いのは父だ。だが、同情はいらぬ。俺はおまえより偉くなって……偉くなって、世の中を見返してやる。よく覚えておけ」

涙を嚙みしめて言ってのけると、番人が近づいてくる前に駆け出した。それを最後に、徳馬は栄之進を見ることはなかった。親戚の武家に預けられたとのことだが、徳馬にしても子供ながらに切ない思いであった。

その夜、徳馬は、久しぶりに屋敷にて、ゆっくりしていた政盛に、今般の事件の真相について訊いてみた。

「まだ事件は終わっておらぬ。だが、もし浪人や無宿者が食うに困らぬようになれば、鎮静化するであろうな。今、その話し合いが行われているところだ」

孫に難しい話は無理だろうと思い、政盛は簡単に伝えたが、徳馬は得心していない。むしろ、きちんと世の中を良くしない、幕府が悪いのではないかと考えた。いわば、浪人と町人が一緒になって起こした一揆だと解釈したようだった。

「おお。おまえは利口じゃな。ま、そういうことだ。一揆を解決するのに、武力を使っては逆に人々を苦しめることになる」

「はい。やはり、話し合いですか」

「そうだ。話し合いが一番だ。喧嘩は最後の最後の手段だ」

「でも、虐めはなくなりません。それも話し合いでケリがつきますか」

「難しいのう。だが、毅然と悪いことは悪いと言える人間になるのだぞ。武士の〝武〟の文字は、ふたつの戈を止めると書く。おまえは、争いを止める侍になれ。よいな」

「お祖父様のようにですか」

「俺はどちらかというと……争いを好んだ方かな、ガハハハ」

　大笑いをして誤魔化す政盛だが、徳馬なりに何か感じることはあったようだ。

　そんな話をする縁側のふたりを——綾音は母親らしい優しい顔で見守っている。今般も、政盛が姿を眩ましていたのを心配していた。そのことで文句を言おうと思ったのだが、相変わらずの義父だと、心の中で泣き笑いしていた。

　政盛の言うとおり、ふたつの戈を止めるために、右京はあらゆる者たちと個別で会っていた。金沢藩以外の仙台藩、薩摩藩、萩藩の江戸家老と今一度、接見し、四宿の始末について協議した。

奇しくも薩摩藩や萩藩は後の世に薩長連合を作り、仙台藩は奥羽越列藩同盟の中心となる。金沢藩はどっちつかずで、戊辰戦争の折、様子を見ているうちに引き返す失態を犯した。それぞれの国の事情があるのだろうが、此度の江戸四宿一件では、それぞれが鎮静の方策を打ち出した。それが、

――公儀には背いておらず、謀反の気がない。藩名は利用されただけだ。

と表明することになるからだ。

むろん、政盛が前田宰相と会って調べたとおり、藩主たちは知らぬことだ。だが、いかにも藩主が率先して謀反をしたように、水野忠成が言ったのは、政盛の助言による〝芝居〟であった。

狙いは、黒田と金子がどう動くかということだ。右京も政盛も、端から江戸家老ごときが為せる騒動とは見ていない。裏があることは察していたのだ。

右京の計らいで、四宿に集結した四万人のうち浪人は八千人程。その者たちを、幕府と四藩に振り分けて仕官させることになった。もちろん、そこから別の藩に移すことが前提である。浪人たちひとりひとりは、何らかの事情で禄を失っただけで、学問や理財に秀でる者、剣術や兵法に優れた者など人材は多かった。

また無宿者の中には虞犯者もいるものの、筒井権兵衛に感銘を受けた者がほとんどで、『竜宮町』のような町人の町で暮らせることを夢見ていた。中には、生まれ故郷に帰りたい者もいるし、江戸で商人や職人として働き続けたい者もいる。その者たちには、町年寄三家が丁寧に対応し、町名主や口入れ屋を通して職を斡旋することにした。

少しずつ事態は好転していったのである。

だが、未だに江戸湾沖に陣取っている船団は、引き上げることがなかった。幕府船手番も一斉に出航し、それらを遠巻きに取り囲む陣営を組んでいたが、なかなか終息しそうになかった。

そんな中で、右京はある決断をする。寛右衛門と直談判するというのだ。大目付が、〝鬼殺し伝兵衛〟と話し合うなどというのは、狂気の沙汰としか思えぬ。

しかし、弁才船を総攻撃すれば、おそらく人質になっているであろう筒井権兵衛や重田貞一、『三浦屋』吉右衛門も殺されるかもしれない。服部半蔵に狙われている節もあり、家臣たちからは反対されたが、

「俺が行かねば、親父が行くと言い出すに決まってるからな」

と笑いながら、船手頭に手伝って貰い、〝敵陣〟に乗り込むのであった。

弁才船には、無法者はおらず、みな甲冑姿をしたり、足軽の格好をしていた。いずれも本格的に武芸を嗜んでいる様子で、遠目から見ていたのとは違って、野卑な雰囲気はまったくなかった。

まるで船大将のような態度で陣取っている寛右衛門は、右京が単身、船に上がってきたのを出迎えて、

「大目付様が直々に交渉とは、ありがたきこと。先触れによると、如何なる条件でも飲むとのことだが、それは本当か」

と挨拶もそこそこに尋ねてきた。

「まずは、何が望みか聞きたい。話し合いはそれからだ」

右京が言うと、その周りをズラリと猛者どもが取り囲んだ。少しでも妙な真似をすると突き刺すとばかりに、槍の穂先を向けている。盗賊相手に正義を振りかざしても無駄かもしれぬが、右京は覚悟を決めていた。

「筒井は無事か」

「ほう。おまえを嫌っている奴を案じるとは、さすがは立派な御仁だ」

「他にも、重田殿や『三浦屋』吉右衛門は」

「安心しろ。俺は人殺しではない」

「…………」

「世の中の者たちは〝鬼殺し伝兵衛〟のことを、まるで人食い熊のように思っておるが、一度たりとも殺めたことはない。〝鬼殺し〟というくらいだからな、鬼退治をした桃太郎と思って貰いたいほどだ」

不敵な笑みを浮かべながら、寛右衛門は自信に満ち溢れた態度で言った。たしかに、人は殺してはいない。残酷無比というのは、別の盗賊のことで、それと一緒になっての印象だろう。

「だが、一目見ないと安心できぬ」

食い下がる右京に、寛右衛門はわずかに苛立ちの目を向けたが、

「重田は北町奉行の小田切のもとに帰っているはずだ。俺の伝令を持ってな」

「伝令……」

「江戸城総攻撃のな」

寛右衛門の瞳がギラリと光ると、右京に緊張が走った。

その様子を見て、寛右衛門は冷笑を浮かべたが、しだいに腹の底から大笑いとなった。その顔は、まるで子供がからかうように面白がっていた。

「ふはは……聞きしに勝る〝ひょうたん旗本〟だな」

「…………」

「親父殿は代々、〝かみなり旗本〟と言われた大河内家の血が濃いが、右京殿はバカ正直と見える。そんなことでは、大目付としてこれから海千山千の輩に対峙できるのかな」

なんだか様子が変わってきた寛右衛門の表情を見ていると、右京を取り囲んでいた甲冑姿たちからも笑い声が起こった。嘲笑するのではなく、和気藹々とした雰囲気で、みな槍や刀を引っ込めた。

唖然と見廻す右京の前に、やはりゲラゲラと笑いながら現れたのは——筒井権兵衛であった。その手には鉄砲を手にしている。一尺ほどの長さの短筒だ。

「右京……おまえは本当に世間知らずだな」

「無事だったか、筒井」

「俺のことより、自分のことを心配しろ。もっとも俺たちがどうこうするのではないぞ。城に戻ったら、おまえの立場が危うくなるかもしれぬ。首を刎ねられるかもな」

「どういうことだ」

「まだ気付かぬか……まあ、無理もない。俺がおまえを恨みに思っていたのは本当だ。だが、おまえはただの公儀の犬ではなく、我らの味方だ。『竜宮町』にて思い知らされた」

　筒井はまるで同志に再会したかのように、穏やかな笑みを洩らした。だが、右京は油断することなく言った。

「――たしかに俺は、町人自治が悪いとは思わぬ。だが、かような騒動を起こしてまで、主義主張を通すとは片腹痛い」

「まあ、そう言うな、右京……おまえこそ、誰ぞに洗脳されているのではないか」

　じっと見据える右京に、筒井はゆっくりと近づきながら、

「この寛右衛門さんは、たしかに盗賊の頭だが、私利私欲で盗んでいるのではない。奪った金はすべて、貧しい人や病で動けぬ人たちに恵んでいる。義賊なんだよ」

「……そんな話は俄には信じられぬ」

「本当だ。盗んだ先も勤勉とは程遠い、濡れ手で粟の儲けてばかりの商人か、賄賂で懐を肥やしている武家ばかりだ」

「…………」

「俺たちは、お上が取りこぼした人々を救ってきた。その人たちが安心して暮らせるのが、『竜宮町』のような所だ」

　筒井が自信たっぷりに言うと、寛右衛門も小さく頷いた。

「それが事実なら、寛右衛門……」

右京はわずかだが穏やかな目になって、相手を説諭するように訊いた。

「息子の清吉に話せるか。金がすべてなどとうそぶかずに、自分の信念を聞かせてやるのが、父親の務め、親の愛情ではないのか」

「………」

「清吉なら安心しろ。うちで預かっている。おまえのことは死んだと諦めているが……どうやら、あまり好きではなかったようだ。あまり遊んでやったこともなく、陰では辛く当たっていたようだな」

「あいつが、そんなことを……」

「どうなのだ。自分の子ひとりを幸せにできぬ者が、世の中の困った人々を助けるなんぞという妄想は、信じることができぬ」

正論を突きつけた右京に、寛右衛門は自嘲気味に、

「世のため人のために、親兄弟を犠牲にしてきた偉人は幾らでもいる」

「おまえも、そうだと」

「そんな大層なことはしておらぬ。ただ……正直言えば、清吉に顔向けができないということかもしれぬ」

「なぜだ」

「あいつは……あいつは女房が吉原から引かせた後に出来た子だが、実は俺の子ではなかった……俺はずっと、それに拘っていたのかもしれぬ……」

「……………」

「だが、もし今般のことが上手く運べば、『竜宮町』をこれからも我々の手で自由に営むことが出来、同じような町が津々浦々にできたとしたら……一緒に暮らしたいとも思う」

「随分と身勝手だな。ならば、なぜこんな真似を……」

右京が責めると、筒井の方が強い口調で答えた。

「こっちが聞きたい。これまで公儀は『竜宮町』のことなど歯牙にも掛けなかった。だが、ぶっ潰しにきた。俺たちを悪党扱いにし、公儀は〝何か〟をしたかったのだ」

「何かとは」

右京が聞き返すと、九官鳥ではないのだから、自分で考えてみろとからかって、

「──たちまち荒廃した『竜宮町』を見たであろう」

「うむ。酷いものだった……」

「あれは、俺たちの仲間がやったのではない。公儀が雇ったならず者たち、暴動を起

こして、いかにも『竜宮町』は危ない町だ。あんな所は一皮剝けば、金のことだらけ。ひとたび治安が崩れると、暴力や欲望によって支配される……そう世間に思わせたかったのだ」

「………」

「その上で、町人の町などと浮かれていると、江戸も『竜宮町』と同じようなことになるぞ。これまで何代にもわたって作り上げてきた、平穏無事な町政を、一気に壊されてしまう……それでよいのかと、お上が町人たちに叩きつけたのだ」

「お上が……どういう意味だ。上様も老中首座の黒田様も、俺も知らぬことだ」

右京は断言して、さらに詰め寄った。

「ならば、何故、江戸四宿にあんな数の浪人たちを集めたのだ」

「それこそ、俺たちがやったことではない。仲間は、この集まっている船団だけだ。見てのとおり、百艘以上ある。相模や上総、伊豆や駿河の津々浦々から集まってきて、『竜宮町』の存続を応援してくれているのだ」

「なんだと。そんな言い分が通用すると思うてか。事実、筒井……おまえを慕って集まった連中ばかりだ。〝団扇踊り〟の騒ぎまで利用したではないか」

「ふん。それこそが、お上が扇動したのであろう。北町奉行の小田切土佐守や十返舎一九こと重田貞一たちがな」

「もっとも小田切や重田とて、黒幕に利用されていたのだ。みんな、おまえと同じで、お人好しばかりだからな」

「なに……」

核心を突いたように話す筒井の真意を、右京は図りかねていた。これまでも味方と見せかけて裏切るようなことをしてきたからだ。もっとも、目の前の切迫した顔には、嘘はないと感じていた。そう信じたかった。ガキの頃には、お互いの夢を語り合った仲だからだ。

「右京……感傷に浸っておる場合ではなさそうだぞ」

いつの間に接舷していたのか、船手頭の向井将監を先頭に、船手奉行の与力や同心が一斉に、慣れた動きで乗り込んできた。彼らもまた、鉄砲や槍を構えて、今にも戦闘を仕掛けてくる様子であった。

向井将監とは、先祖代々、徳川水軍の大将で、歴とした大身の旗本である。接舷している安宅丸には、『む』と染め抜いた幟が靡いている。その船団はまさに、幕府の軍船。相模や上総に六千石の領地を賜り、江戸湾近辺のみならず、戦国の世の如く、神出鬼没の活躍をしていた。

近頃は、日本沿岸の津々浦々に異国船も出没しているため、その警戒もあるが、鎖国になる前は、イスパニアと浦賀にて交易していた実績もある。そんな遠い昔のことは微塵も見せないが、営々と水軍の末裔として、力を注いできたのだ。

向井家は相模国三浦郡にあるが、日頃は日本橋川河口に詰めており、霊岸島の将監番所には、船手組屋敷がずらりと並んでいる。そこは、江戸城を守るための海の要塞だった。めったなことでは、賊船は上陸することはできない。

「大河内殿……海上は我らの縄張りです。若年寄の金子日向守より、喫緊の対応をせよと命令されてきた」

「金子日向守……」

「さよう。我が船手組にお任せあれ」

船手頭は若年寄支配である。何十艘という関船を従えており、船の上からでも人砲の砲口が向けられているのが分かる。

「遠慮なく、発砲する。その際は、大河内殿、貴殿も、そして私も犠牲になるであろう。この命を賭して、そこな〝鬼殺し伝兵衛〟をこの手で捕縛する」

決死の覚悟で、武装している敵兵たちを睨み廻す向井の顔には、もはや引き下がる選択はなさそうだった。

「のう、大河内殿。おぬしは情け深いゆえ、あれこれ考えるようだが。上からの命令は絶対である。幕臣たるもの、自分勝手な行いは、決してしてはならぬのだ」

向井がズイと前に出ると、筒井はもとより、〝鬼殺し伝兵衛〟の手下たちも、武器を向けるのであった。

右京の顔にも、稲妻のような怒りが走り、一挙に緊迫した。

六

「かかれ！」

向井の合図で、船手奉行の役人たちは一斉に、寛右衛門を捕縛しにかかった。筒井たちも鉄砲や槍、刀で応戦したが、やはり日頃から訓練をしている船手の武者どもは、圧倒的な強さだった。

揺れる船体などものともせず、均衡を保ちながら、相手の足下を狙って倒していく。筒井や武装した浪人たちは、格好こそ勇ましいが慣れぬ重い武具ゆえ、却って身動きが鈍かった。

中には深傷（ふかで）を追った者もいる。恐ろしくなって海に飛び込んで逃げる者も。所詮（しょせん）は寄せ集めである。集団での武闘の鍛錬などはしたことがないはずだ。一方的に倒され、追い詰められていった。

それでも右京は、懸命に船手組の兵卒たちを止めようと、素手や奪った六尺棒などで打ち倒していたが、混乱は激しくなった。ほとんどの浪人たちは逃げ出し、海に飛び込んだ者たちは船手の小舟に引き上げられていた。

相模や上総から集まった船団は、ほとんどが漁船か小さな荷船である。為す術もなく、見ているしかなかった。

追い詰められた寛右衛門に、向井が槍を突きつけ、

「大人しく縛に付くか。それとも逆らって、この槍に血を吸われるか」

と怒声を浴びせた。

寛右衛門は逃げようとはしなかった。まるで戦国武将のように、屋倉の前で堂々と床几に座ったままである。

「突き殺したらいい。それが〝鬼殺し伝兵衛〟の花道になるだろう」

あまりにも強い覚悟に、向井もわずかにためらうほどであったが、濃い眉を逆立てると、槍の穂先を寛右衛門の胸にあてがった。

「盗みを働いた上に、これだけの騒動を起こしたのだ。打首は免れまい。若年寄から

は、切り捨て御免の許しも得ておる」

「…………」

「覚悟せい」

向井が一歩踏み込むと、覚悟を決めた寛右衛門はゆっくりと目を閉じた。

「──キエイ！」

鋭い気合いとともに、槍を突き出した瞬間、その柄をガッと右京が摑んだ。それを弾くように跳ね上げて、素早く抜刀すると、向井の喉元に切っ先を向け青眼に構えた。

「なんの真似だ。大河内殿」

「生け捕りにするのが筋。しかも、かように一方的に船手が制しているのに、殺すことはなかろう。お白洲で真実を語らせることが、役人の務めではないのか」

「綺麗事はよい。何をしでかすか分からぬ輩を相手に、情けは無用」

海の上では、陸とは違う法がある。たとえば、漂着した船荷は無主物となって奪ってよい。津料、上乗、過所旗など戦国期からの慣習が海域の支配や縄張りとして残っているのだ。

「ここは江戸湾だ。上様の城のお堀も同然だ。そこを血で汚すのか」

右京は食らいついたが、向井はなぜかあくまでもこの場で始末する気迫に満ちてい

た。槍を構え直すと、

「屁理屈はよい。邪魔立てするならば、大目付とて容赦はせぬ」

と突き出した。

右京が槍の柄を受け流し、相手の腕を掴んで引き倒した。すると、手下たちが右京に背後から斬りかかった。すんでのところで避けたが、わずかに肩が斬られた。

その隙に、向井は抜刀して、右京の腹を目がけて斬りかかった。が、腕をさらに抱え込んだ右京は組み伏して、

「やめさせろ。何故、殺さねばならぬ」

と言ったとき、さらに手下たちが右京めがけて槍をついてきた。

――シュッ。

空を切る音がしたかと思うと、その手下たちはトンボを切るように倒れた。

黒装束の鵜飼孫六が飛び出てきて、向井の手下たちを薙ぎ倒し、右京を庇うように立った。同時に、目の前の向井の首根っこを掴み、短刀を喉元にあてがった。ほんの一瞬の出来事に、手下たちは身動きできなかった。

「――孫六……助かった……」

「無茶は困りますな、右京様。しかし、このままでは厄介ですぞ」

さらに鵜飼は向井の喉に刃を触れ、

「大将の命が惜しければ、そのまま立ち去れ。でないと殺す」

と怒鳴った。

手下たちは迷っていたが、向井は喘ぎながらも必死に、

「構わぬ。こやつらも一緒に始末せい。大砲を撃てい。皆殺しにせい」

常軌を逸したように命じた。

そのとき、寛右衛門の背後に現れた人影があった。寛右衛門が気付く前に、すばやく縄を掛けるや、

「向井。〝鬼殺し伝兵衛〟はたしかに捕らえた。これでよかろう」

と声をかけたのは——黒い袖無し羽織に絞り袴姿の装束の服部半蔵であった。服部はその名を名乗ってから、

「老中首座、黒田豊後守の命で参った。こやつらのことは、向井将監、海の上のことゆえ、まずはおまえに吟味を委ねるが、江戸町奉行のお白洲、さらに評定所の調べがある。よろしいな」

押し出しの強い声と態度で言った。

親藩である伊勢桑名藩家老でもある服部半蔵、しかも将軍の隠密役でもある人物に

迫られれば、「う、うむ……」と唸ったものの、向井は承知せざるを得なかった。

その様子を見ていた右京は、服部に軽く挨拶をすると、向井に向き直り、

「無理矢理にでも、寛右衛門を殺そうとしたおぬしの所行も、後で問いたいと思う。若年寄の金子様の命令とのことだが、向井様は本来、道理を引っ込めてまでやる御仁ではないはず。しかと反省せられよ」

と篤と言った。大目付は大名のみならず、目付同様、旗本にも目を光らせる存在ゆえ、向井はもはや逆らえなかった。

その日のうちに——。

江戸湾の弁才船と寛右衛門に従っていた船団は、それぞれが解散した。

夜になって、山下門内にある老中首座・黒田豊後守の屋敷が慌ただしくなった。江戸城中での闇議や評定所裁決の前に、此度の一連の騒動につき、若年寄・金子日向守、勘定奉行・本多主計頭が、その家臣らを引き連れて押し寄せてきたからである。

「〝鬼殺し伝兵衛〟の捕縛は、海上での出来事。承服できぬことがありますれば、納得できるよう説明して戴きたい」

金子は船手頭を差し置いて、大河内右京や服部半蔵に執り行わせたことが理不尽であり、不快であると訴えたのである。だが、黒田は、ニンマリと笑うだけであった。

「――なにが、可笑しいのですか」

大きな体を揺らして金子が、食ってかかる態度になった。

「おぬしこそ、何をうろたえておる」

黒田はまあ座れと言って、酒と肴を載せた高膳を家中の者に運ばせてきた。同時に、芸者衆が三人ばかり来て、小粋に歌って舞い始めると、金子は声を荒らげた。

「ふざけないで下さい、黒田様」

「なぜじゃ。すべては片が付いた。四宿の浪人たちは仕官先が決まるだろうし、無宿人もまっとうな仕事に就けるようにしてやった。『竜宮町』はすぐにでも元通りにしてやり、主犯と思われた〝鬼殺し伝兵衛〟と筒井某も捕らえて処分が決まった」

「あまりにも早過ぎませぬか」

「何がじゃ」

「向井の話によれば、復帰した北町奉行の小田切土佐守が、即座にお白洲を開き、〝鬼殺し伝兵衛〟を打首に処し、筒井権兵衛は江戸所払いに裁断したとのこと」

「さよう。妥当だと思うがな。伝兵衛の死罪は評定所にかけずとも、当然であろう。義賊とは聞いたが、理由はどうであれ、十両盗めば首が飛ぶ。奴の盗んだ金は何十万両もあるとか」

「その金の行方を明らかにせずして、裁決はおかしいのではありませぬか」

「一部は『竜宮町』にあるが、後は困った者たちにくれてやったから分からぬそうだ」

「では、少なくとも『竜宮町』にあるものだけでも解明いたさねば……」

懸命に話す金子を見て、黒田は悠長に酒を飲みながら、

「金子だけに、そんなに金のことが気になるか。おまえが欲しかったのではないのか。だから、『竜宮町』を攻めたかった」

「……な、なにをおっしゃいまするか」

「此度、弁才船を向井に攻撃させたのも、〝鬼殺し伝兵衛〟の捕縛よりも、船内にある何万両という金が欲しかった。成敗に見せかけて、そのまま船を霊岸島の将監番所まで曳航しようとした。違うか」

「それは……証拠を固めるのは当然のことと存じまする」

「だから、それも含めて、身共が老中首座全ての権限において、上様も承知の上、すべてを解決してやったのだ。おまえに文句を言われる筋合いはない」

叱責されるように、黒田に厳しく言われ、金子は怒りに打ち震えていた。すると本多の横に、芸者のひとりが身を寄り添わせた。

「よせ、離れろ」

　本多は苛立って突き飛ばそうとしたが、芸者は軽く躱して、顔を覗き込んだ。

「覚えていらっしゃいませんか。いつぞや料亭で……」

「あっ」

「そうです。芸者の夢路に扮していた大河内右京様の手の者です。あれから、ずっと本多様を見張っておりました。もちろんお屋敷の中でのことも、寝床も」

　微笑む〝くの一〟のあざみを、金子は凝視したまま動かなかった。その様子を黒田は苦笑して見ながら、

「あの座敷で、その〝くの一〟は身共ではなく、おまえを見張っていたそうだ。大河内右京はやはり大目付として鼻が効く。『竜宮町』を幕府直属にする話を、おぬしと金子がし始めたときから、胡散臭いと思っていたそうだ」

「胡散臭い……」

「これまで、話題に上らなかったのに、いきなり不逞の輩が集まって謀反をしそうだという話となり、大河内の友であった筒井権兵衛までが俎上に上がったのだから、その話の出所のおまえたちに密偵を付けるのは当然であろうのう」

　黒田はさらに酒を飲みながら続けた。

「あざみは、本多……おまえと金山奉行の佐久間播磨守、さらには金沢藩の岩永武左衛門との関わりに気づき、鵜飼孫六の手下どもと念入りに探りを入れていたそうだ」

「………」

「岩永武左衛門は、『紀ノ国屋』寛右衛門が、〝鬼殺し伝兵衛〟であることを、前々から気付いており、旧知の佐久間、そして、そして本多……おぬしに話を持ちかけた」

本多はふてぶてしい顔をしているが、金子は苦々しく眉間に皺を寄せた。

「ここからが、本多の真骨頂だ。寛右衛門の正体を暴露して、お縄にする前に、隠している財産を全部戴こうと画策。当初は、『紀ノ国屋』の蔵にある一万両を戴こうと思ったが、実は『竜宮町』とも繋がりがあると勘づいたおまえは、『竜宮町』ごと奪おうと考えた。であろう、本多」

「はて……何の話かと思えば、またぞろ、つまらぬ作り話ですかな」

「佐久間播磨守も、岩永の手下であった沢田甚八も、すでに吐いておる。ああ、大河内が弁才船に乗り込む前にな」

「えっ……」

金子の方が驚いたように目を剝いた。

「大河内が寛右衛門を捕縛に行ったのは、金子、おまえが動くための誘い水だったのだ。すべて金欲しさのためにな。向井はそうとは知らず乗り込んだのだろうから、可哀想なことをしたと思わぬか。怪我人まで出ておるのだぞ」

「だとしたら……誘い水をかけた大河内右京の方が問題ではござらぬか」

「身共も承知の上だ」

　黒田はきっぱりと断言して、金子と本多を睨みつけた。

「のう、金子……上様に謁見したとき、水野忠成が、俺たちの進退について触れたな……あの時、身共も何か上様に疑われているのかと思った……そのとき、四宿の暴動を画策した意味がようやく分かったのだ」

「…………」

「あれほどの騒ぎを四藩に対して煽ることができるのは、身共くらいしかおらぬ……江戸家老の岩永くらいでは無理な話。ならば、身共が悪事の頭領に見せかけておけば、万が一、露見したときに、すべて身共に押しつけることができる。そう計算していたのであろう」

　言葉は静かに発しているが、しだいに感情がこもってきた黒田は、いきなり杯を本多に投げつけた。それは本多の眉間に命中し、酒が顔に滴り、額が少し傷ついた。

「おのれ、武士の顔になんということを」

本多は思わず脇差しに手をかけた。が、それを必死に金子は止めた。

「よせ、本多。これも黒田様得意の因縁づけだ」

そこに——襖が開いて、裃姿の右京が入ってきた。末席に座って、三人に丁寧に挨拶をしてから、一本の髻を載せた三方を差し出した。

「佐久間播磨守のものでござる。先程、自邸に置いて、大目付ふたりが立ち合いのもと、見事、切腹されました」

「なんと……」

金子は打ち震えたが、本多はやはり神経が図太いのか、他人事のように、

「さてもさても、お裁きもせず切腹させるとは、黒田様といえども、許されることではありますまいに」

「正式に……となれば、御家断絶、おまえたち一族郎党も罪を背負うことになる。末代まで恥を晒す。それでよいのか」

「………」

「武士の情けだ。おまえたちにも、その機会をやるによって、潔く致せ」

黒田は断固、言い張った。続けて、右京が文を差し出し、

「切腹の前に、佐久間殿は遺書をしたためました。その中に、金子様、本多様の屋敷

からも、〝鬼殺し伝兵衛〟が何万両も金を盗んだとあります。ですが、それは佐渡金山から横流しして得た富ゆえ、表沙汰にできなかった。だから、奪い返そうとしたと」

と述べた。

「如何致しますかな、金子様、本多様……ご自身で決めるか、表沙汰にするか。それぞれ、ご自身がお決め下され」

右京が威厳をもって伝えると、本多は憤懣やるかたない顔になって立ち上がり、脇差しを抜き払った。

黒田と右京は動揺もせず、じっと睨み返していた。

「死なば諸共（もろとも）じゃ。こんなことで死んでたまるか。金の横流しは佐渡奉行の特権だ。大久保長安（おおくぼながやす）の頃からのしきたりじゃ。なにを説教しとるのだ、貴様ら！」

本多は奇声を上げて斬りかかったが、その目つきはもう朧（おぼろ）となっており、右京が取り押さえるのに雑作はかからなかった。

金子もその場に崩れて、頭がおかしくなったように、

「私は知らない……黒田様……私が一体、何をしたというのでしょう……どうか上様にお伝え下さいませ……私は、私は……」

と繰り返し呟（つぶや）くだけであった。

その後――『竜宮町』は元通りに戻ったものの、江戸や他の湊町が町人自治になることはなかった。もっとも、農民が米作に励み、町人が経済を動かしている仕組みによって、徳川幕府は支えられている。他のどの国を見ても、「石高（こくだか）」が国力に匹敵（ひってき）し、米を通貨同然に扱う国はない。

〝鬼殺し伝兵衛〟は処刑され……たことになり、寛右衛門は自害によって焼死（しょうし）したままにされた。清吉は今しばらく、大河内家で預かっているが、時が経てばまた、寛右衛門と再会する道筋もあろう。

徳馬は今日も、清吉とよく学びよく遊んでいた。そのお陰で、他の武家の子弟に虐められることはなくなった。

「清吉、今度、一緒に鷹狩りに行こう」

「鷹狩り……それは俺には……」

無理だと言ったが、徳馬が一から教えてやると誘った。目論見（もくろみ）は他にもある。山の上から、『竜宮町』を見せることだ。

「本当に眺めがいいのだ。もしかしたら、清吉は塾を出たら、その『竜宮町』の何処かの店で働いたらいい」

「『竜宮町』……この度、なんか騒動があったという」

「ああ。でも、町人たちだけで作っている素晴らしい町で、もしかしたら、お父っつぁんもそこで働いているかもしれないぞ」

「お父っつぁんも……どういうことだい」

「さあ、俺にも分からん。だが、なんかいいことがある気がするだろ。な、絶対に一緒に鷹狩りに行こうな。約束だ」

徳馬は無理矢理、指切りをさせた。

そんな幼い子供たちを、政盛は遠目に見ながら、

「あっという間に大きくなるなあ……この前まで、よちよち歩きだったのに。こっちが、よぼつくわけじゃわい」

いつもの愚痴を言いながらも、頼もしそうに子供らを見ていた。

同じ塾の武家の子弟たちは、避けるように逃げていく。どうやら、いじめなくなったのは、政盛が張り込んでいて、「こらあ」とかみなりを落とすからだったようだ。

そんな様子を、右京も眺めていた。その横に、綾音も寄り添う。

「──『竜宮町』は町人自治とはいえ、此度のような非常事態に備えて、町奉行が護衛を引き受け、整備をし直して、廻船の港湾としてさらに大きくするようだ」

「え……？」

「いずれ国を開く時が来るであろう……だが、その前に諸外国と対等に付き合える国造りをせねばならぬ……いかなる戦にも決して加担せぬ、誰もが安心して暮らせる国をな」

「どうして、そのような話を私に……」

「徳馬が大きくなった頃、世の中は変わるだろう。そのとき、おまえも狼狽せぬよう、しかと学んでおくがよい」

「あら、私に説教ですか。今日は惣菜、ひとつ減らします」

綾音は笑いながら立ち去った。大目付とはいえ、ふつうの家があり、平凡な暮らしがある。そんな中で、大きな夢を抱きながらも、気を引き締める右京であった。

江戸の空は、何事もなかったように、晴れやかな風がそよいでいた。

井川香四郎　著作リスト

	作品名	出版社名	出版年月	判型	備考
1	『飛蝶幻殺剣』	廣済堂出版 光文社	〇三年十月 一六年四月	廣済堂文庫 光文社文庫	※『おっとり聖四郎事件控一』に改題
2	『飛燕斬忍剣』	廣済堂出版 光文社	〇四年二月 一六年五月	廣済堂文庫 光文社文庫	※『おっとり聖四郎事件控二　情けの露』に改題
3	『くらがり同心裁許帳』	ＫＫベストセラーズ	〇四年五月	ベスト時代文庫	
4	『晴れおんな　くらがり同心裁許帳』	ＫＫベストセラーズ	〇四年七月	ベスト時代文庫	

5	『縁切り橋　くらがり同心裁許帳』	KKベストセラーズ	〇四年十月	ベスト時代文庫	
6	『おっとり聖四郎事件控　あやめ咲く』	廣済堂出版 光文社	〇四年十月	廣済堂文庫 光文社文庫	※『おっとり聖四郎事件控三　あやめ咲く』に改題
7	『逃がして候　洗い屋十兵衛　江戸日和』	双葉社 徳間書店	〇四年十二月 一一年三月	双葉文庫 徳間文庫	
8	『無念坂　くらがり同心裁許帳』	KKベストセラーズ	〇五年一月	ベスト時代文庫	
9	『けんか凧　暴れ旗本八代目』	徳間書店	〇五年四月	徳間文庫	
10	『まよい道　くらがり同心裁許帳』	KKベストセラーズ	〇五年四月	ベスト時代文庫	

11	『ふろしき同心御用帳　恋の橋、桜の闇』	学習研究社 光文社	〇五年五月 一七年十月	学研M文庫 光文社文庫	※『ふろしき同心御用帳』に改題
12	『恋しのぶ　洗い屋十兵衛　江戸日和』	双葉社 徳間書店	〇五年六月 一一年五月	双葉文庫 徳間文庫	
13	『刀剣目利き神楽坂咲花堂　秘する花』	祥伝社	〇五年九月	祥伝社文庫	
14	『ふろしき同心御用帳　情け川、菊の雨』	学習研究社 光文社	〇五年九月 一七年十一月	学研M文庫 光文社文庫	※『ふろしき同心御用帳二　銀杏散る』に改題
15	『見返り峠　くらがり同心裁許帳』	KKベストセラーズ	〇五年九月	ベスト時代文庫	
16	『天翔(あまかけ)る　暴れ旗本八代目』	徳間書店	〇五年十一月	徳間文庫	

17	『残りの雪　くらがり同心裁許帳』	ＫＫベストセラーズ	○六年一月	ベスト時代文庫	
18	『刀剣目利き神楽坂咲花堂　御赦免花』	祥伝社	○六年二月	祥伝社文庫	
19	『船手奉行うたかた日記　いのちの絆』	幻冬舎	○六年二月	幻冬舎文庫	
20	『遠い陽炎　洗い屋十兵衛　江戸日和』	双葉社 徳間書店	○六年三月 一一年七月	双葉文庫 徳間文庫	
21	『刀剣目利き神楽坂咲花堂　百鬼の涙』	祥伝社	○六年四月	祥伝社文庫	
22	『泣き上戸　くらがり同心裁許帳』	ＫＫベストセラーズ	○六年五月	ベスト時代文庫	

No.	書名	出版社	刊行年月	文庫	備考
23	『ふろしき同心御用帳　残り花、風の宿』	学習研究社	〇六年五月	学研M文庫	
24	『はぐれ雲　暴れ旗本八代目』	徳間書店	〇六年六月	徳間文庫	
25	『刀剣目利き神楽坂咲花堂　未練坂』	祥伝社	〇六年九月	祥伝社文庫	
26	『船手奉行うたかた日記　巣立ち雛』	幻冬舎	〇六年十月	幻冬舎文庫	
27	『大川桜吹雪　金四郎はぐれ行状記』	双葉社	〇六年十月	双葉文庫	
28	『落とし水　おっとり聖四郎事件控』	廣済堂出版 光文社	〇六年十月 一六年七月	廣済堂文庫 光文社文庫	※『おっとり聖四郎事件控四　落とし水』に改題

No.	書名	出版社	刊行	文庫	
29	『荒鷹の鈴　暴れ旗本八代目』	徳間書店	○六年十一月	徳間文庫	
30	『冬の蝶　梟与力吟味帳』	講談社	○六年十二月	講談社文庫	
31	『権兵衛はまだか　くらがり同心裁許帳』	ＫＫベストセラーズ	○六年十二月	ベスト時代文庫	
32	『仕官の酒　とっくり官兵衛酔夢剣』	二見書房	○七年一月	二見時代小説文庫	
33	『船手奉行うたかた日記　ため息橋』	幻冬舎	○七年二月	幻冬舎文庫	
34	『刀剣目利き神楽坂咲花堂　恋芽吹き』	祥伝社	○七年二月	祥伝社文庫	

35	36	37	38	39	40
『ふろしき同心御用帳　花供養』	『刀剣目利き神楽坂咲花堂　あわせ鏡』	『おっとり聖四郎事件控　鷹の爪』	『山河あり　暴れ旗本八代目』	『仇の風　金四郎はぐれ行状記』	『日照り草　梟与力吟味帳』
学習研究社 光文社	祥伝社	廣済堂出版 光文社	徳間書店	双葉社	講談社
○七年三月 一八年一月	○七年四月	○七年四月 一六年八月	○七年五月	○七年六月	○七年七月
学研M文庫 光文社文庫	祥伝社文庫	廣済堂文庫 光文社文庫	徳間文庫	双葉文庫	講談社文庫
※『ふろしき同心御用帳四　花供養』に改題		※『おっとり聖四郎事件控五　鷹の爪』に改題			

41	42	43	44	45	46
『彩り河 くらがり同心裁許帳』	『刀剣目利き神楽坂咲花堂 千年の桜』	『ふろしき同心御用帳 三分の理』	『天狗姫 おっとり聖四郎事件控』	『ちぎれ雲 とっくり官兵衛酔夢剣』	『不知火の雪 暴れ旗本八代目』
KK ベストセラーズ	祥伝社	学習研究社 光文社	廣済堂出版 光文社	二見書房	徳間書店
○七年八月	○七年九月	○七年九月 一八年二月	○七年九月 一六年九月	○七年十月	○七年十一月
ベスト時代文庫	祥伝社文庫	学研M文庫 光文社文庫	廣済堂文庫 光文社文庫	二見時代小説文庫	徳間文庫
		※『ふろしき同心御用帳五 三分の理』に改題	※『おっとり聖四郎事件控六 天狗姫』に改題		

No.	書名	出版社	刊行	文庫	備考
47	『月の水鏡　くらがり同心裁許帳』	KK ベストセラーズ	〇七年十二月	ベスト時代文庫	
48	『冥加の花　金四郎はぐれ行状記』	双葉社	〇七年十二月	双葉文庫	
49	『忍冬　梟与力吟味帳』	講談社	〇八年二月	講談社文庫	
50	『呑舟の魚　ふろしき同心御用帳』	学習研究社 光文社	〇八年二月 一八年三月	学研M文庫 光文社文庫	※『ふろしき同心御用帳六　呑舟の魚』に改題
51	『花詞　梟与力吟味帳』	講談社	〇八年四月	講談社文庫	
52	『刀剣目利き神楽坂咲花堂　閻魔の刀』	祥伝社	〇八年四月	祥伝社文庫	

No.	作品名	出版社	刊行	文庫	
53	『ひとつぶの銀　ほろり人情浮世橋』	竹書房	〇八年五月	竹書房時代小説文庫	
54	『雪の花火　梟与力吟味帳』	講談社	〇八年五月	講談社文庫	
55	『斬らぬ武士道　とっくり官兵衛酔夢剣』	二見書房	〇八年六月	二見時代小説文庫	
56	『金底の歩　成駒の銀蔵捕物帳』	角川春樹事務所	〇八年六月	ハルキ文庫	
57	『船手奉行うたかた日記　咲残る』	幻冬舎	〇八年六月	幻冬舎文庫	
58	『怒濤の果て　暴れ旗本八代目』	徳間書店	〇八年八月	徳間文庫	

No.	書名	出版社	刊行年月	叢書名	備考
59	『高楼の夢　ふろしき同心御用帳』	学習研究社 光文社	○八年九月 一八年四月	学研M文庫 光文社文庫	※『ふろしき同心御用帳七　高楼の夢』に改題
60	『秋螢　くらがり同心裁許帳』	KKベストセラーズ	○八年九月	ベスト時代文庫	
61	『甘露の雨　おっとり聖四郎事件控』	廣済堂出版 光文社	○八年十月 一六年十月	廣済堂文庫 光文社文庫	※『おっとり聖四郎事件控七　甘露の雨』に改題
62	『もののけ同心　ほろり人情浮世橋』	竹書房	○八年十一月	竹書房時代小説文庫	
63	『刀剣目利き神楽坂咲花堂　写し絵』	祥伝社	○八年十二月	祥伝社文庫	
64	『海灯り　金四郎はぐれ行状記』	双葉社	○九年一月	双葉文庫	

65	『海峡遥か　暴れ旗本八代目』	徳間書店	〇九年二月	徳間文庫	
66	『赤銅の峰　暴れ旗本八代目』	徳間書店	〇九年三月	徳間文庫	
67	『菜の花月　おっとり聖四郎事件控』	廣済堂出版 光文社	〇九年四月 一六年十一月	廣済堂文庫 光文社文庫	※『おっとり聖四郎事件控八　菜の花月』に改題
68	『それぞれの忠臣蔵』	角川春樹事務所	〇九年六月	ハルキ文庫	
69	『鬼雨　梟与力吟味帳』	講談社	〇九年六月	講談社文庫	
70	『船手奉行うたかた日記　花涼み』	幻冬舎	〇九年六月	幻冬舎文庫	

71	72	73	74	75	76
『刀剣目利き神楽坂咲花堂　鬼神の一刀』	『科戸の風　梟与力吟味帳』	『紅の露　梟与力吟味帳』	『雁だより　金四郎はぐれ行状記』	『ぼやき地蔵　くらがり同心裁許帳』	『嫁入り桜　暴れ旗本八代目』
祥伝社	講談社	講談社	双葉社	KKベストセラーズ	徳間書店
〇九年七月	〇九年九月	〇九年十一月	〇九年十二月	一〇年一月	一〇年二月
祥伝社文庫	講談社文庫	講談社文庫	双葉文庫	ベスト時代文庫	徳間文庫

77	『鬼縛り　天下泰平かぶき旅』	祥伝社	一〇年四月	祥伝社文庫	
78	『惻隠の灯　梟与力吟味帳』	講談社	一〇年五月	講談社文庫	
79	『風の舟唄　船手奉行うたかた日記』	幻冬舎	一〇年六月	幻冬舎文庫	
80	『万里の波　暴れ旗本八代目』	徳間書店	一〇年八月	徳間文庫	
81	『はなれ銀　成駒の銀蔵捕物帳』	角川春樹事務所	一〇年九月	ハルキ文庫	
82	『おかげ参り　天下泰平かぶき旅』	祥伝社	一〇年十月	祥伝社文庫	

83	84	85	86	87	88
『契り杯　金四郎はぐれ行状記』	『釣り仙人　くらがり同心裁許帳』	『男ッ晴れ　樽屋三四郎言上帳』	『三人羽織　梟与力吟味帳』	『ごうつく長屋　樽屋三四郎言上帳』	『まわり舞台　樽屋三四郎言上帳』
双葉社	ＫＫベストセラーズ	文藝春秋	講談社	文藝春秋	文藝春秋
一〇年十一月	一一年一月	一一年三月	一一年三月	一一年四月	一一年五月
双葉文庫	ベスト時代文庫	文春文庫	講談社文庫	文春文庫	文春文庫

89	90	91	92	93	94
『天守燃ゆ　暴れ旗本八代目』	『闇夜の梅　梟与力吟味帳』	『栄華の夢　暴れ旗本御用斬り』	『花の本懐　天下泰平かぶき旅』	『海賊ヶ浦　船手奉行うたかた日記』	『月を鏡に　樽屋三四郎言上帳』
徳間書店	講談社	徳間書店	祥伝社	幻冬舎	文藝春秋
一一年六月	一一年七月	一一年八月	一一年九月	一一年十月	一一年十一月
徳間文庫	講談社文庫	徳間文庫	祥伝社文庫	幻冬舎文庫	文春文庫

95	96	97	98	99	100
『龍雲の群れ　暴れ旗本御用斬り』	『吹花の風　梟与力吟味帳』	『福むすめ　樽屋三四郎言上帳』	『てっぺん　幕末繁盛記』	『土下座侍　くらがり同心裁許帳』	『ぼうふら人生　樽屋三四郎言上帳』
徳間書店	講談社	文藝春秋	祥伝社	KKベストセラーズ	文藝春秋
一一年十二月	一一年十二月	一二年一月	一二年二月	一二年三月	一二年四月
徳間文庫	講談社文庫	文春文庫	祥伝社文庫	ベスト時代文庫	文春文庫

No.	Title	Publisher	Date	Imprint	
101	『虎狼吼える　暴れ旗本御用斬り』	徳間書店	一二年四月	徳間文庫	
102	『召し捕ったり！　しゃもじ同心捕物帳』	学習研究社 徳間書店	一二年四月 一五年十二月	学研M文庫 徳間文庫	
103	『片棒　樽屋三四郎言上帳』	文藝春秋	一二年七月	文春文庫	
104	『ホトガラ彦馬　写真探偵開化帳』	講談社	一二年七月	講談社文庫	
105	『からくり心中　洗い屋十兵衛　影捌き』	徳間書店	一二年八月	徳間文庫	
106	『千両船　幕末繁盛記・てっぺん』	祥伝社	一二年十月	祥伝社文庫	

No.	書名	出版社	刊行年月	文庫	
107	『蔦屋でござる』	二見書房	一二年十一月	二見時代小説文庫	
108	『雀のなみだ　樽屋三四郎言上帳』	文藝春秋	一二年十一月	文春文庫	
109	『うだつ屋智右衛門縁起帳』	光文社	一二年十二月	光文社文庫	
110	『泣きの剣　船手奉行さざなみ日記　一』	幻冬舎	一二年十二月	幻冬舎文庫	
111	『暴れ旗本御用斬り　黄金の峠』	徳間書店	一三年二月	徳間文庫	
112	『夢が疾る　樽屋三四郎言上帳』	文藝春秋	一三年三月	文春文庫	

113	『雲海の城　暴れ旗本御用斬り』	徳間書店	一三年五月	徳間文庫	
114	『海光る　船手奉行さざなみ日記　二』	幻冬舎	一三年六月	幻冬舎文庫	
115	『長屋の若君　樽屋三四郎言上帳』	文藝春秋	一三年七月	文春文庫	
116	『恋知らず　うだつ屋智右衛門縁起帳　二』	光文社	一三年八月	光文社文庫	
117	『隠し神　洗い屋十兵衛　影捌き』	徳間書店	一三年十月	徳間文庫	
118	『かっぱ夫婦　樽屋三四郎言上帳』	文藝春秋	一三年十月	文春文庫	

No.	書名	出版社	刊行	文庫
119	『鉄の巨鯨　幕末繁盛記・てっぺん』	祥伝社	一三年十二月	祥伝社文庫
120	『おかげ横丁　樽屋三四郎言上帳』	文藝春秋	一四年三月	文春文庫
121	『飯盛り侍』	講談社	一四年六月	講談社文庫
122	『天保百花塾』	PHP研究所	一四年七月	PHP文芸文庫
123	『狸の嫁入り　樽屋三四郎言上帳』	文藝春秋	一四年七月	文春文庫
124	『魂影　戦国異忍伝』	徳間書店	一四年八月	徳間文庫

125	126	127	128	129	130
『かもねぎ神主禊ぎ帳』	『飯盛り侍　鯛評定』	『近松殺し　樽屋三四郎言上帳』	『もんなか紋三捕物帳』	『くらがり同心裁許帳　精選版一』	『取替屋　新・神楽坂咲花堂』
KADOKAWA	講談社	文藝春秋	徳間書店	光文社文庫	祥伝社
一四年十一月	一四年十二月	一五年二月	一五年三月	一五年三月	一五年三月
角川文庫	講談社文庫	文春文庫	徳間時代小説文庫	光文社文庫	祥伝社文庫
			「紋三」第一弾	※再編集	

No.	作品名	出版社	刊行年月	文庫	備考
131	『菖蒲侍　江戸人情街道』	実業之日本社	一五年四月	実業之日本社文庫	
132	『くらがり同心裁許帳　精選版二　縁切り橋』	光文社	一五年四月	光文社文庫	※再編集
133	『ちゃんちき奉行　もんなか紋三捕物帳』	双葉社	一五年五月	双葉文庫	「紋三」第二弾
134	『くらがり同心裁許帳　精選版三　夫婦日和』	光文社	一五年五月	光文社文庫	※再編集
135	『ふろしき同心　江戸人情裁き』	実業之日本社	一五年六月	実業之日本社文庫	
136	『くらがり同心裁許帳　精選版四　見返り峠』	光文社	一五年六月	光文社文庫	※再編集

No.	書名	出版社	刊行	文庫	備考
137	『じゃこ天狗　もんなか紋三捕物帳』	廣済堂出版	一五年六月	廣済堂文庫	「紋三」第三弾
138	『くらがり同心裁許帳　精選版五　花の御殿』	光文社	一五年七月	光文社文庫	※再編集
139	『賞金稼ぎ　もんなか紋三捕物帳』	徳間書店	一五年七月	徳間文庫	「紋三」第四弾
140	『くらがり同心裁許帳　精選版六　彩り河』	光文社	一五年八月	光文社文庫	※再編集
141	『高砂や　樽屋三四郎言上帳』	文藝春秋	一五年八月	文春文庫	
142	『幕末スパイ戦争』	徳間書店	一五年八月	徳間時代小説文庫	※アンソロジー

143	144	145	146	147	148
『くらがり同心裁許帳　精選版七　ぼやき地蔵』	『くらがり同心裁許帳　精選版八　裏始末御免』	『恵みの雨　かもねぎ神主禊ぎ帳2』	『飯盛り侍　城攻め猪』	『湖底の月　新・神楽坂咲花堂』	『九尾の狐　もんなか紋三捕物帳』
光文社	光文社	KADOKAWA	講談社	祥伝社	徳間書店
一五月九月	一五月十月	一五月十月	一五月十一月	一五年十二月	一六年一月
光文社文庫	光文社文庫	角川文庫	講談社文庫	祥伝社文庫	徳間時代小説文庫
※再編集	※再編集				「紋三」第五弾

149	『飯盛り侍　すっぽん天下』	講談社	一六年二月	講談社文庫	
150	『欣喜の風』	祥伝社	一六年三月	祥伝社文庫	※アンソロジー
151	『人情そこつ長屋　寅右衛門どの江戸日記』	文藝春秋	一六年八月	文春文庫	
152	『桃太郎姫　もんなか紋三捕物帳』	実業之日本社	一六年八月	実業之日本社文庫	「紋三」第六弾
153	『洗い屋　もんなか紋三捕物帳』	徳間書店	一六年九月	徳間時代小説文庫	「紋三」第七弾
154	『御三家が斬る！』	講談社	一六年十月	講談社文庫	

155	『大義賊　もんなか紋三捕物帳』	双葉社	一六年十一月	双葉文庫	「紋三」第八弾
156	『芝浜しぐれ　寅右衛門どの江戸日記』	文藝春秋	一六年十二月	文春文庫	
157	『別子太平記　愛媛新居浜別子銅山物語』	徳間書店	一七年五月	四六判上製	
	『別子太平記　上　愛媛新居浜別子銅山物語』	徳間書店	二〇年九月	徳間文庫	※上下巻に分冊
	『別子太平記　下　愛媛新居浜別子銅山物語』	徳間書店	二〇年九月	徳間文庫	※上下巻に分冊
158	『大名花火　寅右衛門どの江戸日記』	文藝春秋	一七年五月	文春文庫	
159	『御三家が斬る！　殺しの鬼棲む妻籠宿』	講談社	一七年六月	講談社文庫	

No.	書名	出版社	刊行年月	文庫	備考
160	『千両仇討　寅右衛門どの江戸日記』	文藝春秋	一七年八月	文春文庫	
161	『守銭奴　もんなか紋三捕物帳』	徳間書店	一七年十二月	徳間時代小説文庫	「紋三」第九弾
162	『桃太郎姫七変化　もんなか紋三捕物帳』	実業之日本社	一八年二月	実業之日本社文庫	「紋三」第十弾
163	『殿様推参　寅右衛門どの江戸日記』	文藝春秋	一八年二月	文春文庫	
164	『暴れん坊将軍　江戸城乗っ取り』	KADOKAWA	一八年八月	角川文庫	
165	『暴れん坊将軍　獄中の花嫁』	KADOKAWA	一八年九月	角川文庫	

166	167	168	169	170	171
『首無し女中　もんなか紋三捕物帳』	『暴れん坊将軍　盗賊の涙』	『かげろうの恋　もんなか紋三捕物帳』	『泣かせ川　もんなか紋三捕物帳』	『桃太郎姫恋泥棒　もんなか紋三捕物帳』	『島津三国志』
双葉社	KADOKAWA	光文社	徳間書店	実業之日本社	徳間書店
一八年十月	一八年十月	一八年十二月	一九年一月	一九年二月	一九年九月
双葉文庫	角川文庫	光文社文庫	徳間時代小説文庫	実業之日本社文庫	四六判上製
「紋三」第十一弾		「紋三」第十二弾	「紋三」第十三弾	「紋三」第十四弾	

No.	書名	出版社	刊行	文庫	
172	『ご隠居は福の神　1』	二見書房	一九年十月	二見時代小説文庫	
173	『桃太郎姫　暴れ大奥』	実業之日本社	一九年十二月	実業之日本社文庫	
174	『ご隠居は福の神　2　幻の天女』	二見書房	二〇年二月	二見時代小説文庫	
175	『ご隠居は福の神　3　いたち小僧』	二見書房	二〇年六月	二見時代小説文庫	
176	『桃太郎姫　望郷はるか』	実業之日本社	二〇年八月	実業之日本社文庫	
177	『ご隠居は福の神　4　いのちの種』	二見書房	二〇年十月	二見時代小説文庫	

178	『暴れ旗本天下御免』	徳間書店	二〇一〇年十二月	徳間時代小説文庫	

この作品は徳間文庫のために書下されました。

徳間文庫

暴(あば)れ旗本(はたもと)天下御免(てんかごめん)

2020年12月15日 初刷

著者 井川香四郎(いかわこうしろう)
発行者 小宮英行
発行所 株式会社徳間書店
東京都品川区上大崎三-一-一 〒141-8202
目黒セントラルスクエア
電話 編集〇三(五四〇三)四三四九
販売〇四九(二九三)五五二一
振替 〇〇一四〇-〇-四四三九二
印刷
製本 大日本印刷株式会社

ISBN978-4-19-894605-0 (乱丁、落丁本はお取りかえいたします)